Disney

モアナと伝《でん》説《せつ》の海《うみ》

スーザン・フランシス 作
しぶやまさこ 訳

おもな
登場《とうじょう》
キャラクター

モアナ
Moana

太平洋《たいへいよう》のモトゥヌイ島《とう》に
住《す》む十六歳《さい》の少女《しょうじょ》。
島《しま》の長《おさ》トゥイの娘《むすめ》。
海《うみ》を愛《あい》し、
自由《じゆう》に航海《こうかい》することを
夢《ゆめ》みている。

マウイ
Maui

島《しま》の伝説《でんせつ》に語《かた》られる
半神半人《はんしんはんじん》の大男《おおおとこ》。
巨大《きょだい》な魔法《まほう》の
釣《つ》り針《ばり》を
たずさえ、
その力《ちから》で
変身《へんしん》することが
できる。

プア
Pua

モアナのペット。
主人《しゅじん》思《おも》いの
やさしいブタ。

ヘイヘイ
Heihei

ふうがわりな雄鶏《おんどり》。
モアナに飼《か》われて、
いっしょに
航海《こうかい》に出《で》る。

おもな登場《とうじょう》キャラクター

タラおばあちゃん
Gramma Tala

モアナの祖母《そぼ》。
海《うみ》に強《つよ》くひかれるモアナの
よき理解者《りかいしゃ》で、
大《おお》きな支《ささ》えとなる。

トゥイ
Chief Tui

モトゥヌイ島《とう》の長《おさ》。
娘《むすめ》のモアナが
サンゴ礁《しょう》の外《そと》に
出《で》ることを禁《きん》じる。

シーナ
Sina

モアナの母《はは》。
娘《むすめ》の気《き》持《も》ちをくみとり、
あたたかく見守《みまも》る。

テ・フィティ
Te Fiti

“母《はは》なる島《しま》”を
つくった女神《めがみ》。
命《いのち》を生《う》みだす〈心《こころ》〉を
マウイにぬすまれる。

テ・カァ
Te Kā

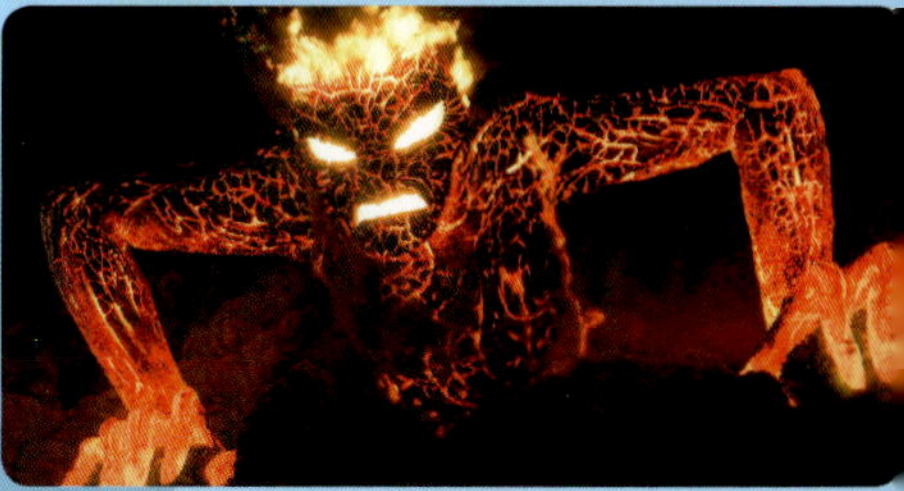

大地《だいち》と炎《ほのお》の悪魔《あくま》。
人間《にんげん》のような姿《すがた》をした
溶岩《ようがん》の魔物《まもの》。

カカモラ
Kakamora

ココナッツのような姿《すがた》の海賊《かいぞく》。
見《み》かけによらず、残忍《ざんにん》な性格《せいかく》。

タマトア
Tamatoa

巨大《きょだい》なカニの魔物《まもの》。
甲羅《こうら》を
黄金《おうごん》や宝石《ほうせき》で
かざりたてている。

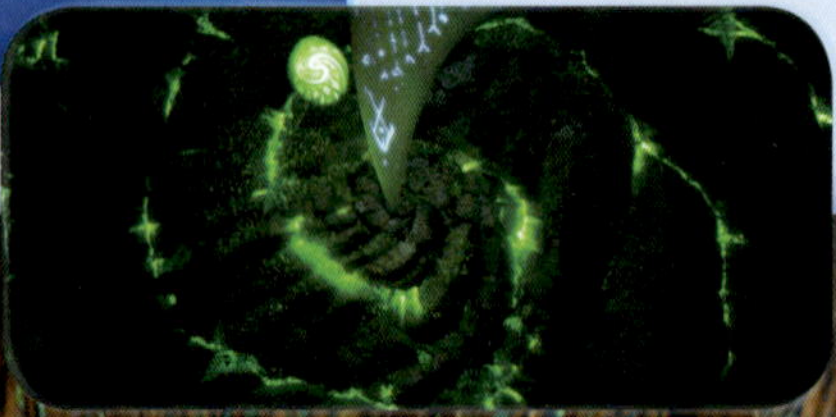

ここは太平洋《たいへいよう》の島《しま》、モトゥヌイ。タラおばあちゃんが語《かた》る島《しま》の伝《でん》説《せつ》に、おさない孫娘《まごむすめ》のモアナは身《み》をのりだしてききいった。

ひとりで浜辺《はまべ》に出《で》たモアナを、海《うみ》がやさしくむかえた。あいさつをするように、モアナにたわむれる波《なみ》の中《なか》から、うずまきもようのある不思議《ふしぎ》な青緑色《あおみどりいろ》の石《いし》があらわれた。

十六歳《さい》になったモアナは、島《しま》の長《おさ》となる準備《じゅんび》をはじめる。不漁《ふりょう》に悩《なや》む民《たみ》のため、モアナはサンゴ礁《しょう》の外《そと》で漁《りょう》をしたいと提案《ていあん》するが、父《ちち》はききいれない。唯一《ゆいいつ》の理解者《りかいしゃ》はタラおばあちゃんだった。

タラは、モアナを秘密《ひみつ》の洞窟《どうくつ》へ案内《あんない》した。そこには、たくさんの古《ふる》い船《ふね》が……！　モアナが石《いし》のたいこをたたくと、たいまつに火《ひ》がともり、船《ふね》の帆《ほ》が輝《かがや》きはじめた。

モアナの目《め》に、島《しま》から島《しま》へと航海《こうかい》する先祖《せんぞ》たちの姿《すがた》がうかんだ。胸《むね》おどらせるモアナに、タラは青緑色《あおみどりいろ》の石《いし》——伝説《でんせつ》のマウイがぬすんだ女神《めがみ》テ・フィティの〈心《こころ》〉を手《て》わたし、おまえは海《うみ》にえらばれた者《もの》だと告《つ》げる。

航海《こうかい》に出《で》てマウイを見《み》つけ、〈心《こころ》〉をもとにもどさせれば島《しま》を救《すく》える。それは自分《じぶん》の役目《やくめ》だと、モアナは父《ちち》の反対《はんたい》をおしきって夜《よる》の海《うみ》へ。亡《な》くなったタラの魂《たましい》が輝《かがや》くエイとなり、モアナをみちびく。

航海《こうかい》のとちゅうで嵐《あらし》にあい、海《うみ》になげだされたモアナ。たどりついた場所《ばしょ》は、半神半人《はんしんはんじん》のマウイがいる島《しま》だった！

だが、マウイはモアナの願《ねが》いをきかず、なくした魔法《まほう》の釣《つ》り針《ばり》をとりかえしに行《い》くという。モアナの説得《せっとく》で、ようやく航海《こうかい》にのりだしたが、行《ゆ》く手《て》には困難《こんなん》が待《ま》ちうけていた。

先《さき》に魔法《まほう》の釣《つり》り針《ばり》をさがすことにしたモアナとマウイは、カニの魔物《まもの》タマトアのすむ洞窟《どうくつ》へ。二人《ふたり》は、なんとか釣《つ》り針《ばり》をとりもどした。

溶岩《ようがん》の魔物《まもの》テ・カァとの戦《たたか》いのとちゅうで、マウイは去《さ》っていった。くじけそうになったモアナだが、タラおばあちゃんの魂《たましい》にはげまされて、ただひとり、テ・フィティの島《しま》へむかう。

おそいかかるテ・カァに立《た》ちむかうモアナ。だが、やっと、テ・フィティに〈心《こころ》〉をもどせると思《おも》ったとき、信《しん》じられないことが――！　モアナは海《うみ》の力《ちから》を借《か》りて、ひるむことなく立《た》ちあがった。

Disney

モアナと伝説の海

CONTENTS

1　伝説《でんせつ》の悪魔《あくま》

「むかしむかしのこと……。」

タラおばあちゃんは、小屋《こや》につめかけたおさない子《こ》どもたちを前《まえ》に、話《はな》しはじめた。

ここは太平洋《たいへいよう》にうかぶ島《しま》、モトゥヌイ。花《はな》や緑《みどり》にかこまれ、平和《へいわ》でのどかな島《しま》だ。海《うみ》は気前《きまえ》よく魚《さかな》をめぐんでくれ、人々《ひとびと》のくらしはゆたかだった。

タラおばあちゃんの小屋《こや》のかべは、タパという木《き》の皮《かわ》でできた布《ぬの》が何枚《なんまい》もかざられている。そのどれにも、島《しま》の伝説《でんせつ》をものがたる絵《え》がえがかれていた。おばあちゃ

んはそのうちの一枚《まい》を手《て》にして、ひらひらさせながら話《はなし》をつづけた。

おばあちゃんの前《まえ》のゴザには、九人《にん》の子《こ》どもがすわっている。どんな話《はなし》がきけるんだろう？　どの子《こ》の顔《かお》も、期待《きたい》でかがやいている。

「……このあたりには、海《うみ》しかなかったんだ。やがて、ひとつの島《しま》があらわれた。テ・フィティという女神《めがみ》がつくりだした、母《はは》なる島《しま》さ。テ・フィティには〈心《こころ》〉があった。その〈心《こころ》〉には命《いのち》を生《う》みだす力《ちから》があり、テ・フィティの島《しま》のまわりに、いくつもの島《しま》が生《う》まれた。

テ・フィティがその大《おお》きな体《からだ》を横《よこ》たえると、体《からだ》の曲線《きょくせん》が山《やま》や峡谷《きょうこく》となった。島《しま》の真《ま》ん中《なか》では〈心《こころ》〉がうずをまいてかがやき、そこから美《うつく》しい木々《きぎ》や植物《しょくぶつ》が生《う》まれたんだ。

けれど、島《しま》の平和《へいわ》は長《なが》くはつづかなかった。テ・フィティの〈心《こころ》〉をほしがる者《もの》があらわれたんだよ。それを手《て》に入《い》れられたら、〈心《こころ》〉のもつふしぎな力《ちから》をひとりじめできると考《かんが》えてね。テ・フィティは、その力《ちから》を世界《せかい》とわかちあおうとしていたというのに。

テ・フィティの〈心《こころ》〉をねらうさまざまな者《もの》どもが、船《ふね》にのり、海《うみ》をこえて島《しま》にやってきた。なかでもいちばん強《つよ》かったのは、マウイという巨大《きょだい》でいかつい男《おとこ》だ。全身《ぜんしん》、筋肉《きんにく》のかたまりといった感《かん》じのマウイは、風《かぜ》と海《うみ》をつかさどる、半分神《はんぶんかみ》、半《はん》分人間《ぶんにんげん》の半神半人《はんしんはんじん》で、大《おお》きな大《おお》きな釣《つ》り針《ばり》をいつもかついでいた。それは神《かみ》の魔法《まほう》の釣《つ》り針《ばり》で、そのおかげで自由《じゆう》にすがたを変《か》えられるのさ。

マウイは島《しま》に近《ちか》づくと、舟《ふね》から空《そら》にとびあがった。その瞬間《しゅんかん》、タカに変身《へんしん》したんだ。

タカとなったマウイは空《そら》を舞《ま》いながら、まっすぐテ・フィティをめざした。島《しま》におりたつと、タカは緑色《みどりいろ》の大《おお》きなトカゲにすがたを変《か》えた。トカゲはしげった葉《は》のあいだをすりぬけ、大《おお》きな岩《いわ》の前《まえ》まで行《い》き、今度《こんど》は羽《はね》をもつ虫《むし》に変身《へんしん》した。岩《いわ》の反《はん》対側《たいがわ》まで飛《と》んでいくと、虫《むし》はふたたびマウイのすがたにもどった。

マウイは、緑《みどり》の木々《きぎ》が生《お》いしげる深《ふか》い森《もり》に入《はい》った。森《もり》の中心《ちゅうしん》では、うずにとりかこまれた青緑色《あおみどりいろ》の〈心《こころ》〉が脈打《みゃくう》っている。

あれをうばってやる――マウイは巨大《きょだい》な釣《つ》り針《ばり》をにぎりしめ、針先《はりさき》を〈心《こころ》〉にひっかけて、うずからひきはなした。ほこらしげに、それを空中《くうちゅう》にほうり投《な》げ、つかんだ。

そのとき、地面《じめん》がゆれだした。

〈心《こころ》〉をうしなったテ・フィティの島《しま》はくずれ、この世《よ》に闇《やみ》が生《う》まれた。木々《きぎ》はしおれ、枯《か》れた。島《しま》から命《いのち》が失《う》せてしまったからだ。

マウイは、がけからとびおり、空中《くうちゅう》でふたたびタカにすがたを変《か》え、力強《ちからづよ》く羽《は》ばたきながら舟《ふね》にもどった。そのまま逃《に》げようとしたが、〈心《こころ》〉をうばおうとする競争相手《きょうそうあいて》に出《で》くわした。大地《だいち》と炎《ほのお》の悪魔《あくま》、テ・カァだ。

テ・カァは、煙《けむり》と灰《はい》の黒《くろ》い雲《くも》から立《た》ちあがった。人間《にんげん》のようなすがたをした真《ま》っ赤《か》な溶岩《ようがん》の魔物《まもの》で、目《め》と口《くち》の部分《ぶぶん》がぽっかりあいている。テ・カァが怒《いか》りでほえると、ピカッ！　いなずまが光《ひか》り、熱《あつ》い溶岩《ようがん》が火山《かざん》のてっぺんから流《なが》れだして、マウイにむかっていった。

マウイは釣《つ》り針《ばり》をふりまわし、テ・カァにとびかかった。ガシッ！　たがいの体《からだ》がぶつかりあう。

けれど、マウイはテ・カァにやぶれ、海《うみ》にたたき落《お》とされた。テ・フィティの〈心《こころ》〉は、海《うみ》の底《そこ》にしずんでしまった。

それ以来《いらい》、だれもマウイのすがたを見《み》る者《もの》はなかった。魔法《まほう》の釣《つ》り針《ばり》とテ・フィティの〈心《こころ》〉とともに、消《き》えてしまったんだ。

それから千年《ねん》もたったいまでさえ、テ・カァをはじめとする魔物《まもの》たちは暗《くら》やみにひそんで、〈心《こころ》〉をさがしている。そうして、あたしたちの魚《さかな》を追《お》いはらい、次《つぎ》から次《つぎ》へと島《しま》の命《いのち》をうばっているんだよ。あたしたちの最後《さいご》のひとりが死《し》に絶《た》えるまで!」

話《はなし》をきいていたおさない子《こ》どもたちは、しーんとしずまりかえった。ぞっとして涙《なみだ》をうかべている子《こ》もいる。こわさのあまり、たおれてしまった子《こ》もいた。

けれど、ひとりの女《おんな》の子《こ》はちがった。きらきらと目《め》をかがやかせ、前《まえ》に身《み》をのりだしている。浅黒《あさぐろ》い肌《はだ》に、くりくりした黒《くろ》い目《め》のかわいらしい子《こ》で、髪《かみ》に赤《あか》い花《はな》をかざり、白《しろ》い貝《かい》のネックレスをしている。少女《しょうじょ》の名《な》は、モアナという。タラおばあちゃんの孫娘《まごむすめ》だ。

モアナは手《て》をたたき、にっこり笑《わら》った。話《はなし》のつづきをせがむように。

タラおばあちゃんは、そんなモアナにこたえるように、ふたたび話《はな》しはじめた。

「テ・フィティの〈心《こころ》〉は、いつか見《み》つかるだろう。海《うみ》にえらばれたあたしたちのだれかが、サンゴ礁《しょう》をこえて旅《たび》をし、マウイを見《み》つけ、こうつげるのだ。『みんなを救《すく》うために、海《うみ》をわたってテ・フィティのもとへ行《い》き、〈心《こころ》〉をもどすように』と。その使者《ししゃ》がいつか、あらわれるだろう。」

おばあちゃんがさらに話《はなし》をつづけようとしていると、ひとりの男《おとこ》が小屋《こや》に入《はい》ってきた。村《むら》の長《おさ》でモアナの父親《ちちおや》、トゥイだ。がっしりとした体格《たいかく》で、左胸《ひだりむね》から肩《かた》、うでにかけてタトゥーを入《い》れている。頭《あたま》には、赤《あか》い鳥《とり》の羽根《はね》でできたかんむりをかぶっている。

「母《かあ》さん、話《はなし》はそこまでにしてください。」

トゥイはモアナをだきあげると、愛《いと》しそうに娘《むすめ》の鼻《はな》に鼻《はな》をおしつけた。この地方《ちほう》独特《どくとく》のあいさつだ。

「いいか、みんな。サンゴ礁《しょう》をこえてはいかん。だれであろうと、サンゴ礁《しょう》のむこうに行《い》ってはいけないよ。サンゴ礁《しょう》の外《そと》にあるのは、あらしと大《おお》きな波《なみ》だけだ。」

島《しま》でいちばんたいせつな掟《おきて》を、トゥイは子《こ》どもたちに思《おも》い出《だ》させた。

「わたしたちは、サンゴ礁《しょう》の内側《うちがわ》でなら、ぶじでいられる。ここなら暗《くら》やみもないし、魔物《まもの》もいない――。」

そこでトゥイは、うっかりかべにぶつかってしまった。小屋《こや》のかべにまるめてかけてあったタパの布《ぬの》が、一枚《まい》、また一枚《まい》とひろがり、魔物《まもの》をえがいたおそろしげな絵《え》が次々《つぎつぎ》にあらわれた。子《こ》どもたちは悲鳴《ひめい》をあげた。

「魔物《まもの》！　魔物《まもの》！」

「この世《よ》の終《お》わりだ！」

子《こ》どもたちは口々《くちぐち》にさけび、恐怖《きょうふ》におののきながらトゥイにとびついた。

「おちつきなさい！　魔物《まもの》などいないんだから。」

トゥイはみんなをなだめた。すると、タラおばあちゃんが声《こえ》をはりあげた。

「伝説《でんせつ》は真実《しんじつ》だ。だれかが、マウイをさがしに行《い》かなくてはならない！」

「母《かあ》さん、かんべんしてください。このモトゥヌイ島《とう》は平和《へいわ》なんです。」

しがみついている子《こ》どもたちからのがれ、トゥイは母《はは》にうったえた。

「ここからよそに行《い》きたがる者《もの》が、いるものですか。」

小屋《こや》のかたすみで、モアナは床《ゆか》に落《お》ちたタパの布《ぬの》の前《まえ》に立《た》ち、そこにえがかれているテ・フィティの絵《え》をじっと見《み》つめた。窓《まど》のむこうのヤシの木《き》のあいだで、海《うみ》がきらめいて見《み》える。

おいで、おいで……。

モアナの心《こころ》のどこかで声《こえ》がする。海《うみ》がよんでるの？

……モアナは、内《うち》なる声《こえ》にみちびかれるように、そっと小屋《こや》から出《で》た。

2　海《うみ》の神秘《しんぴ》

モアナは小《ちい》さな足《あし》で、とことこ海《うみ》に歩《ある》いていった。はだしなので、足《あし》のうらが砂《すな》でくすぐったい。エメラルドグリーンの波《なみ》が、よせてはひいていく。波《なみ》のかなたに、モアナの住《す》むモトゥヌイ島《とう》をかこむサンゴ礁《しょう》が見《み》える。

あのサンゴ礁《しょう》のことで、さきほど父親《ちちおや》と祖母《そぼ》がいいあらそっていたのだ。が、まだおさないモアナには、どうしてサンゴ礁《しょう》のむこうに行《い》ったらいけないのか、ぴんとこなかった。

あ！　モアナの目《め》は、波間《なみま》にくぎづけになった。なにかが光《ひか》っている。巻《ま》き貝《がい》！　クリーム色《いろ》とピンク色《いろ》のうずもようの、美《うつく》しい貝《かい》だ。

きれい！　モアナは、その巻《ま》き貝《がい》がほしくなった。貝《かい》に近《ちか》づこうとしたとき、うしろからカサカサと大《おお》きな音《おと》がした。

なにかしら？　ふりむくと、海鳥《うみどり》が赤《あか》ちゃんカメをえさにしようと、くちばしでつついているところだった。カメは海《うみ》に逃《に》げようとしていたのだが、腹《はら》をすかせた海鳥《うみどり》たちに行《ゆ》く手《て》をふさがれている。一歩前《ぽまえ》にすすもうとするたびに、鳥《とり》たちがじゃまをするのだ。カメはあきらめ、甲羅《こうら》の中《なか》にかくれようとした。

モアナは、波間《なみま》のきれいな巻《ま》き貝《がい》をふりかえった。大《おお》きな波《なみ》にさらわれてしまわないかな？　が、いっぽうで、赤《あか》ちゃんカメをこのままほうっておくこともできない。

そうだ！　近《ちか》くに落《お》ちていた大《おお》きなヤシの葉《は》をひろいあげると、それでカメをかくした。葉《は》のかげにかくれ、カメは砂《すな》をはっていった。

それに気《き》づいた海鳥《うみどり》たちが、カメをつかまえようとしたが、モアナはひるまなかった。シーッと追《お》いはらい、さらに足《あし》をふみならして海鳥《うみどり》をおどす。カメをまもるようにそばによりそい、海《うみ》にもどるのをたすけた。

カメがようやく海《うみ》に入《はい》って泳《およ》ぎだすと、モアナはほっとした。バイバイ、カメさん。気《き》をつけてね。今度《こんど》は、いじわるな鳥《とり》たちに見《み》つかっちゃだめよ。

カメが海《うみ》に消《き》えていくと、波《なみ》はうずをまき、あわだった。波《なみ》がひくと、さっきの巻《ま》き貝《がい》があらわれた。モアナは大《おお》よろこびだ。貝《かい》をとろうと、しゃがんでうでをのばした。そのとき、波《なみ》がひいた場所《ばしょ》に、べつの巻《ま》き貝《がい》も見《み》つけた。

モアナを中心《ちゅうしん》に、波《なみ》が円《えん》をえがくように、さっとひいていく。波《なみ》がなくなった砂《すな》浜《はま》に、さらにたくさんの巻《ま》き貝《がい》があらわれた。うわーい！　モアナは次々《つぎつぎ》に貝《かい》をひろって、両《りょう》うでにかかえた。

気《き》がつくと、モアナのいる場所《ばしょ》だけぽっかりあき、周囲《しゅうい》には高《たか》い波《なみ》のかべができている。海《うみ》がぱっくりとわれたのだ。まるで、モアナが巻《ま》き貝《がい》をさがすのをたすけるかのように。

モアナはふしぎそうな顔《かお》で、自分《じぶん》をとりまく波《なみ》のかべを見《み》つめた。目《め》の前《まえ》を、魚《さかな》や海《うみ》ガメが泳《およ》いでいく。モアナの目《め》が、びっくりしてまるくなる。と、波《なみ》の一部《いちぶ》がもりあがり、近《ちか》づいてきた。

『ようこそ、モアナ。』

波《なみ》の声《こえ》がきこえるようだ。

もりあがった波《なみ》が、モアナの頭《あたま》の上《うえ》まできた。指《ゆび》で波《なみ》をつついてみると、しずくが落《お》ちてきて、モアナはキャッキャッと笑《わら》った。くすぐったい！

波《なみ》はさらに、モアナの頭《あたま》をすっぽりつつんだ。波《なみ》はうずをまき、モアナの髪《かみ》を高《たか》く結《ゆ》いあげた。なにが起《お》きたかわからず、モアナがきょとんとしていると、青緑色《あおみどりいろ》のまるい小石《こいし》が波《なみ》にはこばれてきた。モアナは水《みず》の中《なか》に手《て》をのばして、石《いし》をにぎった。ひらたい石《いし》の表面《ひょうめん》には、ふしぎなうずまきもようがある。

きれい……モアナは石《いし》に見入《みい》り、うずまきもようを指《ゆび》でなぞった。

そのとき、

「モアナ！」

父《ちち》のよぶ声《こえ》がした。

波《なみ》はモアナの髪《かみ》をさっともとにもどすと、海《うみ》にうかんでいた木《き》の皮《かわ》にモアナをのせ、浜《はま》まではこんでいった。

砂浜《すなはま》におりたひょうしに、手《て》から石《いし》が落《お》ちてしまった。どこに行《い》ったのかな？　あたりをきょろきょろ見《み》まわすと、いつのまにか波《なみ》のかべはなくなり、海《うみ》もいつものすがたにもどっていた。

「モアナ！」

ふたたび父《ちち》の声《こえ》がして、木立《こだち》のあいだからトゥイがすがたをあらわした。

「こんなところで、なにをしているんだ？　心配《しんぱい》させるな。」

トゥイはモアナをだきあげた。おさない娘《むすめ》がひとりで海辺《うみべ》にいたため、びっくりしたのだ。モアナが海《うみ》と楽《たの》しくあそんでいたことなど、知《し》るはずもない。

モアナは海《うみ》にもどりたくて、父《ちち》のうでの中《なか》で身《み》をよじった。

「海《うみ》とあそびたい。」

「だめだ。」

父《ちち》はきっぱりといい、娘《むすめ》の顔《かお》をじっと見《み》つめた。

「海《うみ》にひとりで行《い》ってはいかん。危険《きけん》だからな。」

モアナは海《うみ》をふりかえった。おだやかな波《なみ》が浜《はま》におしよせている。さきほどまでの魔法《まほう》は消《き》えてしまったらしい。

トゥイは娘《むすめ》を地面《じめん》におろし、手《て》をさしだした。

「さあ行《い》こう。村《むら》に帰《かえ》るんだ。」

モアナはしぶしぶ父《ちち》の手《て》をにぎり、いっしょに歩《ある》いた。けれど、何度《なんど》も何度《なんど》も海《うみ》をふりかえった。楽《たの》しかったなあ、またあそぼうね。

道中《どうちゅう》、母親《ははおや》のシーナが大《おお》きな笑《え》みをたたえて、ふたりを出《で》むかえた。三人《にん》そろって村《むら》にむかった。

「おまえはわたしのあとをついで、村《むら》の長《おさ》になるんだよ。」

トゥイにつづけて、シーナもいいそえた。

「あなたはいずれ、すごいことをするようになるのよ。みんながおどろくわ。小《ちい》さなお魚《さかな》ちゃん。」

「そうだ。だがその前《まえ》に、おまえは自分《じぶん》の運命《うんめい》を学《まな》ばなければならん。」

トゥイがいったとたん、モアナは両親《りょうしん》からはなれ、海《うみ》にむかってかけだした。

シーナとトゥイは心配《しんぱい》そうに顔《かお》を見合《みあ》わせ、すぐに娘《むすめ》を追《お》いかけた。トゥイは娘《むすめ》の体《からだ》をだきあげると、うでにかかえたまま歩《ある》いていった。ぶじで安全《あんぜん》な村《むら》まで。

3　十六歳《さい》になったモアナ

歳月《さいげつ》が流《なが》れ、おさなかったモアナも成長《せいちょう》した。軽《かる》くカールした長《なが》い黒髪《くろかみ》を背中《せなか》までたらし、色《いろ》あざやかな布《ぬの》を身《み》にまとったすがたは、どこから見《み》ても美《うつく》しい娘《むすめ》だ。

両親《りょうしん》は、やがては村《むら》の長《おさ》となる娘《むすめ》に、島《しま》での伝統《でんとう》や生活《せいかつ》を、ことあるごとに教《おし》えていた。そのおかげで、島《しま》には恵《めぐ》みがいっぱいあることを知《し》った。ココヤシの実《み》のココナッツが、村《むら》にとって、いかにたいせつなものかもわかった。果実《かじつ》は水気《みずけ》をたっぷりふくんで甘《あま》くおいしいが、それだけではない。ココナッツからとれる繊維《せんい》は、漁《りょう》のあみをつくるのに欠《か》かせないものだった。

モアナは浜《はま》に立《た》ち、サンゴ礁《しょう》の内側《うちがわ》にこいでいった釣《つ》り舟《ぶね》がもどってくるのを見《み》るのが好《す》きだった。海《うみ》はいつも心《こころ》をおちつかせてくれる。だが、両親《りょうしん》はモアナをできるだけ海《うみ》から遠《とお》ざけようとしていた。まるで、娘《むすめ》が海《うみ》にさらわれるのをおそれるかのように。

タラおばあちゃんだけは、モアナのよき理解者《りかいしゃ》だった。ふたりはよく海辺《うみべ》を散歩《さんぽ》し、波《なみ》とたわむれた。いっしょに波打《なみう》ちぎわでおどったりもした。ゆったりとしたうごきでおどるおばあちゃんのまねをして、モアナも体《からだ》をうごかした。最高《さいこう》に楽《たの》しい時間《じかん》だ。

おばあちゃんは、モアナにこういっていた。自分《じぶん》の心《こころ》にしたがい、内《うち》なる声《こえ》に耳《みみ》をかたむけなさい、と。さらに、おばあちゃんはこうもいった。そうすることで、自分《じぶん》がほんとうは何者《なにもの》なのか知《し》ることができるのだ、と。

モアナが十六歳《さい》になったある日《ひ》。トゥイはモアナをつれて山《やま》にのぼった。山道《やまみち》を

すすみ、ふたりはモトゥヌイ島《とう》でいちばん高《たか》い頂《いただき》についた。大《おお》きなひらたい石《いし》が、いくつもつまれている。それを見《み》せ、トゥイは説明《せつめい》した。

「おまえが生《う》まれて目《め》をあけたときから、これを見《み》せにつれてきたかった。ここは聖《せい》なる場所《ばしょ》だ。村《むら》の長《おさ》たちの場所《ばしょ》なんだ。」

トゥイは、うずたかくつまれた石《いし》に近《ちか》づき、そこに手《て》をおいた。

「いつか、そのときが来《き》たら、おまえは自分《じぶん》にさだめられた運命《うんめい》をうけいれるようになるだろう。そうして、この頂《いただき》に立《た》って、あらたな石《いし》をおくんだ。わたしがしたように。わたしの父親《ちちおや》や、代々《だいだい》の長《おさ》がそうしてきたように。」

トゥイはモアナの肩《かた》に手《て》をおき、ふたりで山《やま》のはるか下《した》の村《むら》を見《み》おろした。わたしが長《おさ》となり、みんなをみちびく……モアナは身《み》がひきしまる思《おも》いだった。

代々《だいだい》の長《おさ》たちがつんだ石《いし》を、もう一度見《どみ》た。いつか、その上《うえ》に自分《じぶん》の石《いし》をおくことになるのだ。村《むら》の長《おさ》として。

「わたしに長《おさ》がつとまるかしら？」

そんなモアナの不安《ふあん》を察《さっ》し、トゥイは娘《むすめ》をはげました。

「おまえは、すばらしい長《おさ》になるだろう。モトゥヌイのモアナに……。」

モアナはトゥイを見《み》あげ、父《ちち》のことばを頭《あたま》の中《なか》でくりかえした。モトゥヌイのモアナ。わたしは、モトゥヌイの長《おさ》、モアナになるんだ。これまでのように、ただの娘《むすめ》ではいられない。人々《ひとびと》に信頼《しんらい》してもらえる長《おさ》にならなくては。


数日後《すうじつご》、はなやかな羽根《はね》のかんむりを頭《あたま》につけ、ペットのブタ、プアをしたがえて、モアナは両親《りょうしん》とともに、寄《よ》り合《あ》い場《ば》の小屋《こや》にむかった。

小屋《こや》では村人《むらびと》たちが、中《なか》をくりぬいた長方形《ちょうほうけい》の大《おお》きな石《いし》を二本《ほん》の棒《ぼう》でたたいている。この地方《ちほう》の太鼓《たいこ》だ。トゥイ、シーナ、モアナが席《せき》につくと、太鼓《たいこ》の音《おと》がいっそう大《おお》きくなった。

トゥイは、手《て》にしていた戦闘用《せんとうよう》のおのをさげ、みんなにすわるよう合図《あいず》した。

ひとりの村人《むらびと》の大《おお》きな声《こえ》が、小屋《こや》にひびきわたった。

「モトゥヌイの民《たみ》よ！　村《むら》の長《おさ》、トゥイの登場《とうじょう》だ。」

「ありがとう。」

トゥイは出席者《しゅっせきしゃ》を見《み》わたした。

「いずれモアナが長《おさ》となり、みんなをひきいることになる。そのための訓練《くんれん》をこれからはじめる。本日《ほんじつ》、そのことを発表《はっぴょう》できるのを、ほこりに思《おも》う。娘《むすめ》がどんなに成長《せいちょう》したか、みんなにもわかってもらえるだろう。」

トゥイは愛情《あいじょう》をこめた目《め》で娘《むすめ》を見《み》つめ、長《おさ》のしるしである戦闘用《せんとうよう》のおのをわたした。モアナは父《ちち》のほこらしげな顔《かお》を見《み》て、にっこりした。みんなの視線《しせん》が、モアナにそそがれる。

優雅《ゆうが》な笑《え》みをうかべ、深呼吸《しんこきゅう》をひとつ。そして、ことばを発《はっ》しようとしたとき、ふたたび大《おお》きな声《こえ》がとどろいた。

「モトゥヌイのモアナ！」


その日《ひ》一日《にち》、自分《じぶん》を見《み》まもる両親《りょうしん》とともに村《むら》をめぐり、モアナはモトゥヌイの長《おさ》らしいふるまいを学《まな》んだ。

ある村人《むらびと》から、ココヤシの葉《は》でふいた小屋《こや》の屋根《やね》が雨《あま》もりするとうったえられると、気軽《きがる》に柱《はしら》にのぼった。村人《むらびと》が説明《せつめい》した。

「あらしが来《く》るたび、雨《あめ》がもれるんです。どんなに屋根《やね》にココヤシの葉《は》を足《た》してもーー。」

小屋《こや》の柱《はしら》のてっぺんから、モアナは声《こえ》をはりあげた。

「なおったわ！」

モアナは下《した》にいる三人《にん》に笑《わら》いかけた。

「葉《は》を足《た》してもむだよ。風《かぜ》のせいで、柱《はしら》がかたむいていたの。」

背中《せなか》にあたらしいタトゥーを入《い》れようとしている男《おとこ》の横《よこ》にすわり、彫《ほ》られているあいだ、手《て》をにぎってやったりもした。そうやって痛《いた》みをこらえている男《おとこ》をはげますのも、長《おさ》のつとめのひとつだ。

ようやくタトゥーが彫《ほ》りおわると、男《おとこ》は立《た》ちあがってモアナをだきしめた。ずっとつきそっていてくれたことへの感謝《かんしゃ》をこめて。

しばらくすると、ひとりの老人《ろうじん》がモアナに近《ちか》づいてきた。

「あそこで石《いし》をつついているニワトリがおるじゃろ？　石《いし》とえさの区別《くべつ》もつかないらしい。おかしなニワトリだと思《おも》わんかい？」

老人《ろうじん》はニワトリを手《て》でしめした。ふうがわりな色合《いろあ》いの雄鶏《おんどり》だ。頭部《とうぶ》が赤《あか》く、首《くび》は黄色《きいろ》、胴《どう》と尾《お》は緑色《みどりいろ》をしている。雄鶏《おんどり》は目《め》をぎょろつかせながら、無表情《むひょうじょう》のままくちばしで石《いし》をつついている。

「とっとと料理《りょうり》してしまったほうが、いいんじゃないか？」

モアナは雄鶏《おんどり》を見《み》つめた。なぜかはわからないが、心《こころ》をひかれた。モアナはその雄鶏《おんどり》にヘイヘイと名前《なまえ》をつけ、飼《か》うことにした。

さらに歩《ある》いていくと、途方《とほう》にくれているひとりの女《おんな》の人《ひと》と出会《であ》った。収穫《しゅうかく》したばかりのココナッツを手《て》にしている。

ココナッツは、見《み》たところ新鮮《しんせん》そのものだった。けれど、わってみると、中身《なかみ》はくさって黒《くろ》くなっていた。モアナは顔《かお》を近《ちか》づけて、においをかいだ。ほかにも、くさったココナッツを入《い》れたかごを手《て》に、次々《つぎつぎ》と女《おんな》の人《ひと》たちがあつまってきた。

父《ちち》のトゥイと母《はは》のシーナも、モアナがなにをいうか見《み》まもっている。

「そうね……病気《びょうき》にやられた木《き》をとりのぞいて、あたらしい林《はやし》をべつの場所《ばしょ》につくりましょう。」

モアナは空《あ》き地《ち》を指《ゆび》さした。

「あそこがいいわ。」

女《おんな》の人《ひと》はうなずいた。トゥイとシーナは、ほこらしげに顔《かお》を見合《みあ》わせた。かしこい判断《はんだん》だ。このぶんなら、長《おさ》になってもうまくやっていけるだろう。けれど、そのいっぽうで両親《りょうしん》は不安《ふあん》を感《かん》じてもいた。ココナッツがくさるなんて、これまでなかったのに。村《むら》になにが起《お》きているのだろう？

問題《もんだい》を解決《かいけつ》したことに満足《まんぞく》して、モアナは愛《あい》する両親《りょうしん》をふりかえった。次《つぎ》に、その背後《はいご》に高々《たかだか》とそびえる山《やま》を、さらに青《あお》い海《うみ》に目《め》をやった。

モアナは家族《かぞく》を愛《あい》している。島《しま》も村《むら》も愛《あい》している。だから、みんなの役《やく》に立《た》ちたかった。長《おさ》として、正《ただ》しいことをしたかった。

そこに、ひとりの漁師《りょうし》があわててやってきた。

「話《はなし》があるんですが。」

漁師《りょうし》のせっぱつまった顔《かお》を見《み》て、モアナは胸《むな》さわぎがした。ココナッツにつづいて、また問題《もんだい》が起《お》きたのかしら？

「なにかあったの？」

漁師《りょうし》は、モアナを海辺《うみべ》につれていった。そのあとをトゥイとシーナもついていく。みんなが釣《つ》り舟《ぶね》の横《よこ》に立《た》つと、漁師《りょうし》はあみをもちあげ、モアナに見《み》せた。あみの中《なか》はからっぽだった。漁師《りょうし》は説明《せつめい》した。

「東《ひがし》でとれる魚《さかな》は、へるいっぽうです。」

「だったら漁場《ぎょじょう》を変《か》えましょう。島《しま》の反対側《はんたいがわ》で漁《りょう》をしたら？」

「もう、ためしました。」

モアナの中《なか》で、不安《ふあん》がつのっていった。

「風下《かざしも》も、浅瀬《あさせ》も、海底《かいてい》も。サンゴ礁《しょう》の内側《うちがわ》は全部《ぜんぶ》ためしましたが、魚《さかな》は一匹《ぴき》もとれません。」

モアナは憂《うれ》いをおびた顔《かお》で、海辺《うみべ》にもどってきたほかの釣《つ》り舟《ぶね》を見《み》た。どの舟《ふね》も、あみはからっぽだった。ついこのあいだまでは、大漁《たいりょう》だったというのに。なぜ急《きゅう》にこんなことになったの？　魚《さかな》はどこに行《い》ってしまったのかしら？

モアナは、サンゴ礁《しょう》のむこうにひろがる海《うみ》を見《み》つめた。あそこなら魚《さかな》がいるかもしれない。漁師《りょうし》たちは、あちら側《がわ》では漁《りょう》をしたことがない。

「サンゴ礁《しょう》をこえて漁《りょう》をしたら、どうかしら？」

モアナのことばをきいて、両親《りょうしん》はびっくりした。

「サンゴ礁《しょう》の外《そと》に出《で》る者《もの》はおらん。」

トゥイは、つとめておだやかな声《こえ》でいった。

「知《し》ってるわ。でも、内側《うちがわ》に魚《さかな》がいないのなら――。」

「モアナ――。」

「海《うみ》は広《ひろ》いのよ。」

「われわれには、掟《おきて》がある。」

トゥイは断固《だんこ》とした声《こえ》でつげた。

「それはむかしの掟《おきて》よ。魚《さかな》がまだ内側《うちがわ》にいたころの――。」

「その掟《おきて》のおかげで、危険《きけん》にさらされることなく、みんなぶじにくらしていられるんだ！」

トゥイは声《こえ》を荒《あら》らげた。その顔《かお》は、怒《いか》りで真《ま》っ赤《か》だった。

モアナがおさないころから海《うみ》が大好《だいす》きで、自由《じゆう》に航海《こうかい》したがっていることは知《し》っている。だからこそ、危険《きけん》な場所《ばしょ》に行《い》かせるわけにはいかない。トゥイは歯《は》をくいしばって、モアナにきびしい目《め》をむけた。

「おまえがサンゴ礁《しょう》のむこうに行《い》きたがっていることは、ずっとわかっていた……。だからといって、村《むら》の者《もの》をまきぞえにするな！　サンゴ礁《しょう》をこえることは、絶対《ぜったい》にゆるさんぞ！」

そんな！　わたしは島《しま》のことを思《おも》って、いったのに……モアナはくちびるをかみしめた。

「寄《よ》り合《あ》いをひらこう。」

トゥイはモアナにはかまわず、周囲《しゅうい》の村人《むらびと》に声《こえ》をかけた。

4　父《ちち》への怒《いか》り

どうして、お父《とう》さまはわかってくれないのかしら？

モアナは海辺《うみべ》で不平《ふへい》をつぶやきながら、怒《いか》りをぶつけるように、手《て》にした木《き》の枝《えだ》を次々《つぎつぎ》と折《お》り、砂《すな》につきさしていった。

そこに母親《ははおや》のシーナが近《ちか》づいてきた。シーナは娘《むすめ》を見《み》て、ため息《いき》をついた。

モアナは顔《かお》をそむけた。いまでも、海《うみ》のよぶ声《こえ》がきこえる。海《うみ》を冒険《ぼうけん》したくてたまらない。

「お父《とう》さまが、あなたにきびしいのは――。」

母《はは》のことばを、モアナはさえぎった。

「それは、お父《とう》さまがわたしを理解《りかい》してないからよ。」

「いいえ。お父《とう》さまはあなたの中《なか》に、若《わか》いころの自分《じぶん》を見《み》ているからなの。」

シーナはおだやかに説明《せつめい》した。

「お父《とう》さまもね、若《わか》いころは海《うみ》にひかれていたの。いまのあなたみたいに。そして、ついに親友《しんゆう》とふたりでこっそり舟《ふね》をこぎ、あのサンゴ礁《しょう》をわたった。掟《おきて》をやぶって……。」

シーナは遠《とお》い目《め》で海《うみ》を見《み》やった。

「サンゴ礁《しょう》のむこうの海《うみ》は、内側《うちがわ》とはまったくちがって、荒《あ》れていた。山《やま》のような波《なみ》におそわれ、お父《とう》さまの親友《しんゆう》が舟《ふね》から落《お》ちた。でも、お父《とう》さまはたすけてあげられなかったの。」

シーナの声《こえ》は、しりすぼみになった。あのときの、うちひしがれたトゥイのすがたを思《おも》い出《だ》すと、胸《むね》がはりさける気《き》がする。シーナは愛《いと》しそうにモアナを見《み》た。

「お父《とう》さまはね、あなたを救《すく》いたいと思《おも》っているの。海《うみ》からまもりたいのよ。」

モアナの怒《いか》りは消《き》え、悲《かな》しさとやましさがこみあげてきた。

父《ちち》がモトゥヌイの人々《ひとびと》をどんなにだいじにしているか、モアナは知《し》っている。それは長《おさ》としてのつとめだと思《おも》っていたのだが、それだけではなかった。若《わか》いころ友《ゆう》人《じん》を救《すく》えなかった後悔《こうかい》から、もうだれもうしなうまいとしているのだと気《き》づいた。

父《ちち》が背負《せお》いつづけてきた重荷《おもに》を思《おも》い、モアナは初《はじ》めて父《ちち》を理解《りかい》した気《き》がした。

わたしも村《むら》のみんなを愛《あい》している。お父《とう》さまが、そのことをわかってくれたらいいのに。村《むら》のことを思《おも》うから、サンゴ礁《しょう》のむこうに行《い》きたいのに——魚《さかな》を見《み》つけるために。

「人《ひと》には、やるべきじゃないこともあるのよ。たとえ、自分《じぶん》ではやりたい、できると思《おも》っていたとしても。」

そういいおいて、シーナはその場《ば》を立《た》ちさった。モアナに自分《じぶん》のいったことをじっくり考《かんが》えさせるために。

モアナは水平線《すいへいせん》に目《め》をこらした。海《うみ》は果《は》てしなく、可能性《かのうせい》にみちている。モアナにはそう思《おも》えた。

あふれる思《おも》いを胸《むね》に、浜《はま》をはなれ、山《やま》にむかった。山頂《さんちょう》の聖《せい》なる場所《ばしょ》に立《た》つと、つんである石《いし》とおなじようなひらたい大《おお》きな石《いし》を両手《りょうて》でかかえ、考《かんが》えた。

両親《りょうしん》や村人《むらびと》たちには、自分《じぶん》をほこりに思《おも》ってほしかった。長《おさ》として、みんなのためになることをしたい。

けれど、どうしたら、心《こころ》の奥《おく》からひびく内《うち》なる声《こえ》をだまらせることができるのだろう？　海《うみ》への好奇心《こうきしん》はつのるばかりだ。海《うみ》は、どこまでひろがっているのかしら？　そのむこうには、なにがあるの？

内《うち》なる声《こえ》は、ほかのみんなの意見《いけん》とはちがう。父親《ちちおや》のえがくモアナの未来像《みらいぞう》と、どう折《お》り合《あ》いをつけたらいいのだろう？

海《うみ》は陽射《ひざ》しをあびて、きらきらかがやいている。こっちにおいで……海《うみ》がモアナによびかけている。その声《こえ》に耳《みみ》をふさぐことなど、できなかった。わたしは、わたしでしかない。べつの自分《じぶん》になったふりはできない。

ああ、どうしたらいい？

モアナは石《いし》をつまずに地面《じめん》におき、ふたたび海《うみ》にむかって山《やま》をかけおりた。

浜《はま》に行《い》くと、ペットのブタ、プアがオールを口《くち》にくわえていて、モアナにさしだした。モアナの気持《きも》ちはわかっている、というように。

モアナは、近《ちか》くにあった舟《ふね》を海《うみ》におしていき、プアをかかえて舟《ふね》にとびのった。

「だいじょうぶよ、プア。サンゴ礁《しょう》のむこうには、もっと魚《さかな》がいる。それをさがしに行《い》きましょう。」

モアナはオールをこいだ。とうとう海《うみ》に出《で》られる！　そう思《おも》うと、どきどきしてきた。

舟《ふね》はいよいよ、サンゴ礁《しょう》にさしかかった。ここをこえたら、あたらしい世界《せかい》がひらけるかもしれない！

波《なみ》の頂点《ちょうてん》にのりあげたとき、とつぜん風《かざ》むきが変《か》わり、突風《とっぷう》が吹《ふ》いてきた。さらに、大《おお》きな波《なみ》がうねりながらおしよせてきた。舟《ふね》がかたむき、プアが海《うみ》に投《な》げだされる。プアは足《あし》をばたばたさせ、なんとか海面《かいめん》にうきあがった。

「プア！」

モアナは声《こえ》をはりあげ、手《て》をさしのべた。が、またも大《おお》きな波《なみ》におそわれ、自分《じぶん》も海《うみ》に落《お》ちてしまった。プアを両《りょう》うでにかかえてうきあがると、モアナはプアを舟《ふね》にのせた。

自分《じぶん》ものりこもうとした瞬間《しゅんかん》、荒波《あらなみ》にもまれた舟《ふね》が頭《あたま》にぶつかり、モアナは水中《すいちゅう》にしずんだ。

ふっと意識《いしき》が遠《とお》のき、気《き》づいたときには海底《かいてい》にいた。サンゴに足《あし》をはさまれ、身《み》うごきがとれない。必死《ひっし》にうきあがろうとしたが、むりだった。

このままでは、おぼれてしまう……あ、大《おお》きな石《いし》があった。モアナはそれをつかむと、サンゴに打《う》ちつけた。サンゴがわれ、やっと足《あし》がぬけた。あらんかぎりの力《ちから》で海底《かいてい》をけり、水《みず》の上《うえ》に顔《かお》をつきだすと、空気《くうき》をもとめてあえいだ。

そのまま波《なみ》に流《なが》され、モアナとプアはモトゥヌイの砂浜《すなはま》にたどりついた。


ふう、たすかった！　モアナは深呼吸《しんこきゅう》をした。新鮮《しんせん》な空気《くうき》は気持《きも》ちがよく、心《こころ》がおちつく。足《あし》を見《み》ると、するどいサンゴにひっかかれたらしく、血《ち》が出《で》ていた。そうだ、舟《ふね》はどうなったのかしら？　あたりを見《み》ると、舟《ふね》の残骸《ざんがい》が、波間《なみま》にぷかぷかういている。

とんでもないことをしてしまった。自分《じぶん》がしでかしたことを思《おも》い、モアナの顔《かお》から血《ち》の気《け》がひいた。

「起《お》きてしまったことは……ブタのせいにするがいいさ。」

なじみのある声《こえ》がした。ふりむくと、祖《そ》母《ぼ》のタラがいた。生《お》いしげるやぶのどこからか、あらわれたらしい。

「おばあちゃん？」

モアナは祖《そ》母《ぼ》に近《ちか》づいた。足《あし》のけがに気《き》づかれたくなかったが、祖《そ》母《ぼ》はそんなことはお見通《みとお》しだとばかりに、手《て》にした杖《つえ》にモアナの足首《あしくび》をひっかけてもちあげ、じっくりきずを見《み》た。

「お父《とう》さまにいうつもり？」

「母親《ははおや》が息子《むすこ》になにもかもいう必要《ひつよう》はないさ。」

モアナは頭《あたま》をふった。

「サンゴ礁《しょう》のことは、お父《とう》さまのいうとおりだった。」

モアナはつぶやいた。サンゴ礁《しょう》のむこうに行《い》ってはいけないという掟《おきて》が、身《み》にしみていた。やはり、島《しま》で生《い》きていくしかないのかもしれない。

「山《やま》に石《いし》をおくときが来《き》たわ。」

タラおばあちゃんは、モアナの顔《かお》をするどく見《み》た。それから海《うみ》に目《め》をやり、潮風《しおかぜ》の中《なか》で息《いき》をついた。そのとたん、ひらたく大《おお》きな魚《さかな》の群《む》れが波打《なみう》ちぎわにあつまってきて、ゆっくりとひれをうごかした。エイだ。

タラおばあちゃんは水《みず》の中《なか》に入《はい》っていくと、エイの群《む》れに近《ちか》づいた。おばあちゃんの背中《せなか》に彫《ほ》られている、エイの大《おお》きなタトゥーがモアナの目《め》に入《はい》った。

「わかった。石《いし》をおきたいのなら、山《やま》に行《い》くがいい。」

おばあちゃんにいわれ、モアナは歩《ある》きだした。が、数歩《すうほ》すすんだところで祖母《そぼ》をふりかえった。

「どうして、山《やま》に行《い》くのをやめなさいっていわないの？」

「おまえのしたいようにするがいい。」

「そうね。」

モアナの答《こた》えに、タラおばあちゃんは無言《むごん》でうなずいた。

モアナがふたたび歩《ある》きだすと、ふいに、タラおばあちゃんが口《くち》をひらいた。

「あたしが死《し》んだら、あの中《なか》の一匹《ぴき》になってもどってくるつもりだ。」

おばあちゃんは、エイの群《む》れを指《ゆび》さした。群《む》れは泳《およ》ぎつづけ、おばあちゃんをかこむように円《えん》をえがいた。おばあちゃんは、海辺《うみべ》にうちよせる波《なみ》に合《あ》わせて腰《こし》をふり、両《りょう》うでをうごかしてダンスをはじめた。そのうごきにつれて、背中《せなか》のタトゥーがうねる。

「おばあちゃん、どうしたの？　ちょっとへんよ。」

モアナはたずねた。

「あたしは村《むら》の変《か》わり者《もの》だ……それが、あたしの仕事《しごと》なのさ。」

「おばあちゃん、わたしにつたえたいことがあるんじゃない？　いってちょうだい。」

モアナの口調《くちょう》は、せっぱつまっていた。内《うち》なる声《こえ》——海《うみ》の声《こえ》にしたがえと、だれかに強《つよ》くあとおししてほしかったのだ。

タラおばあちゃんはふりむいて、ささやいた。

「なにかいってほしいのかい？」

それから、なぞめいた笑《え》みをうかべ、杖《つえ》をつくと、おばあちゃんは海辺《うみべ》の岩場《いわば》を歩《ある》いていった。そのあとをモアナもついていく。行《い》き先《さき》はわからないが、それがどこであろうと、おばあちゃんの行動《こうどう》にはわけがあるはずだ。

5　秘密《ひみつ》の洞窟《どうくつ》

島《しま》のはしの空高《そらたか》くに、月《つき》がかがやいている。タラおばあちゃんは、たいまつを手《て》にけわしい坂道《さかみち》をのぼっていく。そのうしろをモアナはついていった。溶岩《ようがん》でできた道《みち》はごつごつしていて、年寄《としよ》りにはきつそうだ。おばあちゃんは少《すこ》し足《あし》をとめ、息《いき》をととのえると、ふたたび歩《ある》きだした。

モアナが手《て》をかそうとするたび、おばあちゃんはそれをはねのけた。なんとしても自分《じぶん》の力《ちから》だけでのぼるつもりらしい。

「あたしたちの部族《ぶぞく》についての話《はなし》は、いろいろ教《おそ》わっただろうけど……まだ、おまえの知《し》らないこともあるんだよ。」

おばあちゃんは杖《つえ》をもちあげ、道《みち》のわきに生《お》いしげる植物《しょくぶつ》をはらった。すると、大《おお》きな岩《いわ》がいくつかあらわれた。そのむこうに洞窟《どうくつ》があるらしい。岩《いわ》が入《い》り口《ぐち》をふさいでいるのだ。

おばあちゃんは杖《つえ》で岩《いわ》をどけようとしたが、むりだった。

「ここはなんなの？」

岩《いわ》をうごかすのに手《て》をかしながら、モアナはたずねた。

「あたしたちの先祖《せんぞ》がずっとサンゴ礁《しょう》の内側《うちがわ》にとどまっていたと、本気《ほんき》で信《しん》じているのかい？」

たいまつの光《ひかり》をあび、おばあちゃんの目《め》があやしく光《ひか》った。

モアナがのこりの岩《いわ》をどけると、ようやく洞窟《どうくつ》の入《い》り口《ぐち》があらわれた。

風《かぜ》がさっと吹《ふ》いてきて、洞窟《どうくつ》を吹《ふ》きぬけていった。モアナは背《せ》すじがぞくっとした。なんだか、来《き》てはいけない場所《ばしょ》に来《き》てしまった気《き》がする。

「おばあちゃん、中《なか》になにがあるの？」

「答《こた》えだ。」

「なんの答《こた》え？」

「おまえが自分《じぶん》にたずねつづけている質問《しつもん》への答《こた》えさ。ほんとうの自分《じぶん》は何者《なにもの》なのか、という質問《しつもん》のね。」

タラおばあちゃんは、モアナにたいまつをわたした。

「中《なか》にお行《い》き……太鼓《たいこ》をたたけ……そうして、答《こた》えを見《み》つけるんだ。」

ここに答《こた》えが？　モアナは暗《くら》がりに目《め》をこらした。それからおもむろに、暗《くら》い洞《どう》窟《くつ》に足《あし》をふみいれた。

注意深《ちゅういぶか》く、一歩《ぽ》ずつ前《まえ》にふみだしていく。洞窟《どうくつ》は天井《てんじょう》が高《たか》く、かべから水《みず》がしたたり、ピチャピチャ音《おと》をたてている。

奥《おく》へとすすむにつれ、ザーザーと水《みず》の流《なが》れる音《おと》がひびきはじめた。なんの音《おと》か、モアナはすぐにわかった。滝《たき》の音《おと》だ。その先《さき》は海《うみ》なのだが、滝《たき》にかくれているため、海側《うみがわ》からは、ここに洞窟《どうくつ》があるのは見《み》えない。

モアナは興味《きょうみ》をひかれ、歩《ある》く速度《そくど》をあげた。巨大《きょだい》な岩《いわ》の周囲《しゅうい》をまわったとき、なにかが視界《しかい》に入《はい》った。

モアナは洞窟《どうくつ》の奥《おく》をじっくりと見《み》た。その正体《しょうたい》がわかったとき、ひざからくずおれそうになった——りっぱな航海用《こうかいよう》の船《ふね》や釣《つ》り舟《ぶね》が、何《なん》そうもかくされていたのだ。そのむこうに滝《たき》つぼが見《み》える。

こんなところに、船《ふね》が！　モアナはかけより、なめらかな船体《せんたい》に手《て》をすべらせ、大《おお》きな帆《ほ》を見《み》あげた。一そうずつ、見《み》てまわった。この船《ふね》たちが経験《けいけん》してきたであろう数々《かずかず》の冒険《ぼうけん》を思《おも》うと、胸《むね》が高鳴《たかな》る。

そのなかの一そうが目《め》にとまった。二つの船体《せんたい》を横《よこ》にならべてつなげた、がっしりとした船《ふね》だ。モアナはその船《ふね》にとびのると、帆柱《ほばしら》についている綱《つな》をひっぱった。

さっと帆《ほ》がひろがった。そうとう古《ふる》い船《ふね》のようだ。

船《ふね》の上《うえ》のデッキに行《い》くと、長方形《ちょうほうけい》の大《おお》きな石《いし》をくりぬいてつくった太鼓《たいこ》があった。

「太鼓《たいこ》をたたけって、おばあちゃんはいってた……。」

モアナはひとりごとをつぶやいた。太鼓《たいこ》の横《よこ》にあった二本《ほん》の木《き》の棒《ぼう》を手《て》にとると、それでおずおずとたたいてみた。トントン……小《ちい》さな音《おと》がした。もう一度《ど》ためした。今度《こんど》は、もっと大《おお》きな音《おと》が出《で》た。

モアナは手《て》をとめ、息《いき》をこらして待《ま》った。なにが起《お》きるのかしら？　胸《むね》がときめく。

ふいに、洞窟《どうくつ》の中《なか》に太鼓《たいこ》の音《おと》が反響《はんきょう》した——はっきりとしたリズムをきざんでいる。

モアナはじっと耳《みみ》をすました。反響音《はんきょうおん》とおなじリズムで太鼓《たいこ》をたたくと、冷《つめ》たい風《かぜ》がさっと吹《ふ》いてきた。さらに、太鼓《たいこ》の前《まえ》にならんだたいまつに火《ひ》がともり、船《ふね》の

帆《ほ》をかがやかせた。そして、すべての船《ふね》のデッキでいっせいに、たいまつに火《ひ》がともった。船《ふね》の帆《ほ》には、絵《え》がえがかれていた。海《うみ》の上《うえ》をたくさんの船《ふね》がすすんでいく絵《え》だ。

モアナは、うっとりとそれを見《み》つめた。帆《ほ》が風《かぜ》をはらんで、いまにも出航《しゅっこう》しそうに見《み》える。

反響《はんきょう》する太鼓《たいこ》の音《おと》をききながら、モアナは頭《あたま》の中《なか》で、先祖《せんぞ》たちのすがたを想像《そうぞう》した。風《かぜ》や月《つき》や星《ほし》にみちびかれ、旅《たび》をつづける航海者《こうかいしゃ》たちのことを。

次《つぎ》に、船《ふね》が荒波《あらなみ》にもまれながら、島《しま》から島《しま》へと航海《こうかい》するところを思《おも》いえがいてみた。先祖《せんぞ》たちは海《うみ》をおそれず、あらしにも勇敢《ゆうかん》に立《た》ちむかっていったにちがいない。

「わたしたちは海《うみ》をわたる旅人《たびびと》だった！」

モアナはその事実《じじつ》を頭《あたま》にたたきこんだ。

「わたしたちは旅人《たびびと》なのよ！」

とくりかえした。胸《むね》の高鳴《たかな》りをおさえることができない。

洞窟《どうくつ》の外《そと》で岩《いわ》に腰《こし》をおろしているタラおばあちゃんの耳《みみ》にも、モアナの声《こえ》はとどいた。

モアナはいそいで洞窟《どうくつ》から出《で》ると、もう一度《ど》さけんだ。

「わたしたちは海《うみ》をわたる旅人《たびびと》だった！　それなのに、どうして航海《こうかい》をやめたの？」

おばあちゃんの横《よこ》にすわり、たずねた。

タラおばあちゃんはうめき、ひとことだけ口《くち》にした。

「マウイのせいだ。」

そして、水平線《すいへいせん》を指《ゆび》さしてことばをつづけた。

「マウイが母《はは》なる島《しま》テ・フィティの〈心《こころ》〉をぬすんだとき、暗《くら》やみが生《う》まれた。大《だい》地《ち》と炎《ほのお》の悪魔《あくま》、テ・カァが目《め》をさまし、魔物《まもの》どもがこそこそうごきだし、サンゴ礁《しょう》をこえた船《ふね》は一そうももどってこなくなった。民《たみ》をまもるために、先祖《せんぞ》の長《おさ》たちは航海《こうかい》を禁止《きんし》した。それ以来《いらい》、あたしたちは自分《じぶん》が何者《なにもの》かを見《み》うしなったんだ。」

おばあちゃんは島《しま》を見《み》わたした。

「暗《くら》やみはひろがりつづけている。魚《さかな》を追《お》いだし、さまざまな島《しま》の命《いのち》をうばってるんだ。」

そこで口《くち》をつぐむと、おばあちゃんは木立《こだち》にむかって手《て》をふった。とたんに、木立《こだち》が黒《くろ》く変《か》わった！　モアナはびっくりして、黒《くろ》ずんだつるにふれた。モアナの手《て》の中《なか》で、つるはぼろぼろにくだけた。

「だが、いつの日《ひ》か、だれかがサンゴ礁《しょう》をこえていくだろう。海《うみ》にえらばれた、だれかが。そしてマウイを見《み》つけ、広《ひろ》い海《うみ》をわたって、テ・フィティの〈心《こころ》〉をもとにもどさせるだろう……あたしたち全員《ぜんいん》を救《すく》うために。」

タラおばあちゃんはそういうと、モアナの手《て》に、青緑色《あおみどりいろ》のまるくてひらたい石《いし》をおいた。

その石《いし》のうずまきもようを見《み》て、モアナはふいに思《おも》い出《だ》した。十数年前《すうねんまえ》、この石《いし》を見《み》つけたときのことを。あのときは海《うみ》がわれて、両側《りょうがわ》に高《たか》い波《なみ》のかべができたっけ。

遠《とお》い思《おも》い出《で》にひたっている孫娘《まごむすめ》を見《み》て、タラおばあちゃんはにっこりした。

「あたしは、そこにいたんだ。海《うみ》がおまえをえらんだときに。」

海《うみ》がわたしをえらんだ？　あのときに？

「わ、わたし、あれは夢《ゆめ》かと思《おも》ってたのに。」

モアナは、石《いし》のうずまきもようをなぞった。

「この石《いし》は、テ・フィティの〈心《こころ》〉なんだよ。」

おばあちゃんはつげ、杖《つえ》で空《そら》をさして、ひとつの星座《せいざ》をしめした。釣《つ》り針《ばり》の形《かたち》をした星座《せいざ》だ。

「わたしたちの先祖《せんぞ》は、あの星座《せいざ》の下《した》にマウイがいると信《しん》じていた。おまえは海《うみ》にえらばれた。だから、おまえがあの星座《せいざ》をめざしていくんだ。」

モアナは、手《て》の中《なか》のテ・フィティの〈心《こころ》〉を見《み》つめた。

「でも……なんで、わたしがえらばれたのかしら？　サンゴ礁《しょう》をどうこえていったらいいかもわからないのに。それに、どうしたら〈心《こころ》〉をもどせるの？」

しばらく考《かん》えこみ、ふいに口《くち》にした。ぱっと顔《かお》がかがやく。

「マウイね！　マウイを見《み》つければいいんだわ！」

モアナはいきなり立《た》ちあがり、村《むら》をめざしてかけだした。

タラおばあちゃんはそんな孫娘《まごむすめ》を見《み》つめ、岩《いわ》に深《ふか》くこしかけたまま、ゆっくりと息《いき》をはいた。

6　おばあちゃんとの約束《やくそく》

村《むら》の寄《よ》り合《あ》い場《ば》では、トゥイを中心《ちゅうしん》に、村人《むらびと》たちが話《はな》し合《あ》いの真《ま》っ最中《さいちゅう》だった。

収穫物《しゅうかくぶつ》がとぼしいことや、魚《さかな》がいなくなったことへの不満《ふまん》がうずまいている。

「島《しま》じゅうが、こんな具合《ぐあい》だ。」

「このままでは、食糧《しょくりょう》がなくなってしまう。」

村人《むらびと》たちは、いっせいにしゃべりだした。みんなをおちつかせ、なだめるために、トゥイは意見《いけん》をのべた。

「だったら、あたらしい畑《はたけ》をたがやせばいい。そうしたら――。」

そこにとつぜん、モアナがかけこんできた。

「わたしたち、島《しま》を救《すく》えるわ！」

モアナはさけんだ。

「ここに、本物《ほんもの》のテ・フィティの〈心《こころ》〉があるの。」

話《はな》し声《ごえ》がぴたりとやんだ。気《き》づまりな沈黙《ちんもく》がひろがった。みんなはモアナを見《み》つめた。頭《あたま》がどうかしてしまったんじゃないか、という目《め》で。

「山《やま》に大《おお》きな洞窟《どうくつ》があって、中《なか》に船《ふね》がたくさんあるの。大《おお》きな船《ふね》や小《ち》いさな舟《ふね》が……。わたしたちの先祖《せんぞ》は海《うみ》をわたる旅人《たびびと》だった。だから、洞窟《どうくつ》の船《ふね》で航海《こうかい》に出《で》て、マウイを見《み》つけるのよ。そうして、マウイにテ・フィティの〈心《こころ》〉をもどさせる。そうしたら、村《むら》を救《すく》えるわ。」

モアナは一気《いっき》にまくしたてて息《いき》をつくと、〈心《こころ》〉の石《いし》をかかげてトゥイに見《み》せた。

村人《むらびと》たちはトゥイを見《み》あげた。わけがわからず、心配《しんぱい》そうな顔《かお》でトゥイの答《こた》えを待《ま》っている。

トゥイはひとことも発《はっ》せず、モアナをその場《ば》からひきずりだした。

「お父《とう》さまは、村人《むらびと》たちをたすけろと、わたしにいったわ。これがみんなを救《すく》う方《ほう》法《ほう》なのよ！」

トゥイは、たいまつを手《て》にとった。

「あの洞窟《どうくつ》に行《い》ったんだな？　とっくのむかしに船《ふね》をもやしておくべきだった。」

「なんですって？　だめよ！」

モアナは父親《ちちおや》のうでをひっぱった。

「マウイを見《み》つけに行《い》かないと。〈心《こころ》〉をもとにもどさせないと！」

トゥイはモアナの手《て》から石《いし》をもぎとった。

「〈心《こころ》〉などない！　これはただの石《いし》ころだ！」

そうさけぶなり、石《いし》をやぶにほうり投《な》げた。

「だめ！」

モアナは大《おお》あわてでやぶをかきわけ、石《いし》をさがした。背《せ》の高《たか》い草《くさ》の中《なか》に見《み》つけて石《いし》をつかんだとき、べつのなにかが目《め》にとまった。タラおばあちゃんの杖《つえ》だ！　なんでこんなところに？　モアナは不安《ふあん》な気持《きも》ちで杖《つえ》を手《て》にとった。

「おばあちゃん……。」

遠《とお》くから、巻《ま》き貝《がい》を吹《ふ》き鳴《な》らす音《おと》がひびいてくる。村人《むらびと》のひとりが、かけてきた。真剣《しんけん》な表情《ひょうじょう》をしている。

「長《おさ》！　母上《ははうえ》が！」

おばあちゃん！　モアナは、いそいでタラおばあちゃんの小屋《こや》にかけつけた。小《こ》屋《や》のまわりには、すでに村人《むらびと》たちがあつまっていた。モアナは人垣《ひとがき》をつっきった。中《なか》に入《はい》るなり、ぎょっとして心臓《しんぞう》がとまりそうになった。タラおばあちゃんが床《ゆか》に横《よこ》たわっているではないか。

おばあちゃんのかたわらには、母《はは》のシーナがいた。トゥイがとびこんできて、シーナと心配《しんぱい》そうに顔《かお》を見合《みあ》わせた。

「浜辺《はまべ》にたおれているのを見《み》つけたんです。」

村人《むらびと》がいった。

「どうしたらよいのだろう?」

トゥイがつぶやいた。

モアナは両親《りょうしん》の話《はなし》がよくきこえるように、そっと近《ちか》づいた。すると、自分《じぶん》の手《て》にだれかの手《て》がふれた。見《み》ると、おばあちゃんがモアナに手《て》をのばし、口《くち》をうごかそうとしている。

モアナはおばあちゃんの横《よこ》にひざをついて、その口《くち》もとに耳《みみ》をよせた。

「行《い》きなさい。」

おばあちゃんはささやいた。

「いまは行《い》けない。行《い》けっこないわ。」

「行《い》きなさい。」

おばあちゃんの声《こえ》は弱々《よわよわ》しく、かすれていた。が、断固《だんこ》とした調子《ちょうし》だった。

「海《うみ》がおまえをえらんだ。釣《つ》り針《ばり》の星座《せいざ》をめざすんだ。」

「おばあちゃ――。」

「マウイを見《み》つけたら、あいつの耳《みみ》をつかんで、こういいなさい。『わたしはモトゥヌイのモアナ……わたしの舟《ふね》にのって海《うみ》をわたり、テ・フィティの〈心《こころ》〉をもとにもどしなさい』と。」

「おばあちゃんをおいていくことはできない。」

モアナの目《め》に、涙《なみだ》がもりあがった。

「おまえがどこにいようと、あたしはいっしょにいるよ。」

おばあちゃんはそういうと、モアナの鼻《はな》に自分《じぶん》の鼻《はな》をおしつけた。

「自分《じぶん》の道《みち》は、自分《じぶん》で見《み》つけるんだよ。」

祈祷師《きとうし》がかけつけてきた。タラおばあちゃんは、自分《じぶん》の首《くび》から玉《たま》をつないだネックレスをはずすと、モアナの手《て》におしつけ、ささやいた。

「行《い》きなさい。」

モアナは手《て》の中《なか》に視線《しせん》を落《お》とした。ネックレスの真《ま》ん中《なか》には、二枚《まい》の貝《かい》がらを合《あ》わせたかざりがついていて、中《なか》にものが入《い》れられるようになっている。モアナはテ・フィティの〈心《こころ》〉の石《いし》を貝《かい》がらの中《なか》にしまい、小屋《こや》をあとにした。

表《おもて》に出《で》て夜空《よぞら》を見《み》あげると、満天《まんてん》の星《ほし》が光《ひか》っていた。空《そら》をざっと見《み》ているうちに、釣《つ》り針《ばり》の形《かたち》の星座《せいざ》が見《み》つかった。

あの星座《せいざ》の下《した》に、マウイがいるにちがいない。モアナは、ネックレスを自分《じぶん》の首《くび》につけた。

心《こころ》は決《き》まっている。行《い》くつもりだ。

自分《じぶん》の小屋《こや》にいそぎ、必要《ひつよう》なものをかきあつめた。そこに母《はは》のシーナがあらわれ、だまってモアナに航海用《こうかいよう》の綱《つな》をわたした。それ以外《いがい》にも、旅《たび》に必要《ひつよう》なあれこれを。

ふたりは見《み》つめあった。たがいの心《こころ》を読《よ》みあうかのように。やがてシーナはわきにどき、モアナを行《い》かせた。

ありがとう、お母《かあ》さま！　モアナは母《はは》に感謝《かんしゃ》しつつ、村《むら》から出《で》た。黒ずんだ木立《こだち》を通《とお》りすぎ、枯《か》れ葉《は》を足《あし》のうらでふみつぶしながら。

行《い》き先《さき》は、秘密《ひみつ》の洞窟《どうくつ》だった。内部《ないぶ》のようすはもうわかっている。滝《たき》つぼにうかんでいる一そうの小《ちい》さな舟《ふね》にまっすぐかけよると、それにとびのった。この地方独《ちほうどく》特《とく》のカヌーのような細長《ほそなが》い舟《ふね》で、両側《りょうがわ》に木《き》をあみのように組《く》んだものがつきでている。帆柱《ほばしら》の上《うえ》に、目《め》のあらい布《ぬの》の帆《ほ》があり、うずまきもようがえがかれている。へさきと船尾《せんび》からのびている綱《つな》で、帆《ほ》をあやつるのだ。

さあ、行《い》くわよ！

オールをこぎ、滝《たき》をつっきって海《うみ》に出《で》た。

村《むら》をふりかえると、タラおばあちゃんの小屋《こや》のあかりがふっと消《き》えた。おばあちゃんは亡《な》くなったんだ……モアナにはわかった。

だれよりもモアナのことを理解《りかい》し、はげましてくれた人《ひと》をうしなってしまった。悲《かな》しくて、胸《むね》がはりさけそうだ。できるなら村《むら》に帰《かえ》って、祖母《そぼ》のなきがらをだきしめたかった。けれど、いまは行《い》かなくてはならない。祖母《そぼ》と最後《さいご》にかわした約束《やくそく》なのだから。

ふいに、一条《いちじょう》の光《ひかり》がさしてきた。光《ひかり》は海《うみ》の中《なか》から、ゆっくりとモアナに近《ちか》づいてくる。

なんの光《ひかり》かしら？　モアナは海《うみ》の中《なか》を見《み》た。

光《ひかり》の正体《しょうたい》は、一匹《ぴき》の大《おお》きなエイだった。エイは光《ひか》りながら、大海原《おおうなばら》をサンゴ礁《しょう》のむこうに泳《およ》いでいく。モアナのために道《みち》すじをつくるように。

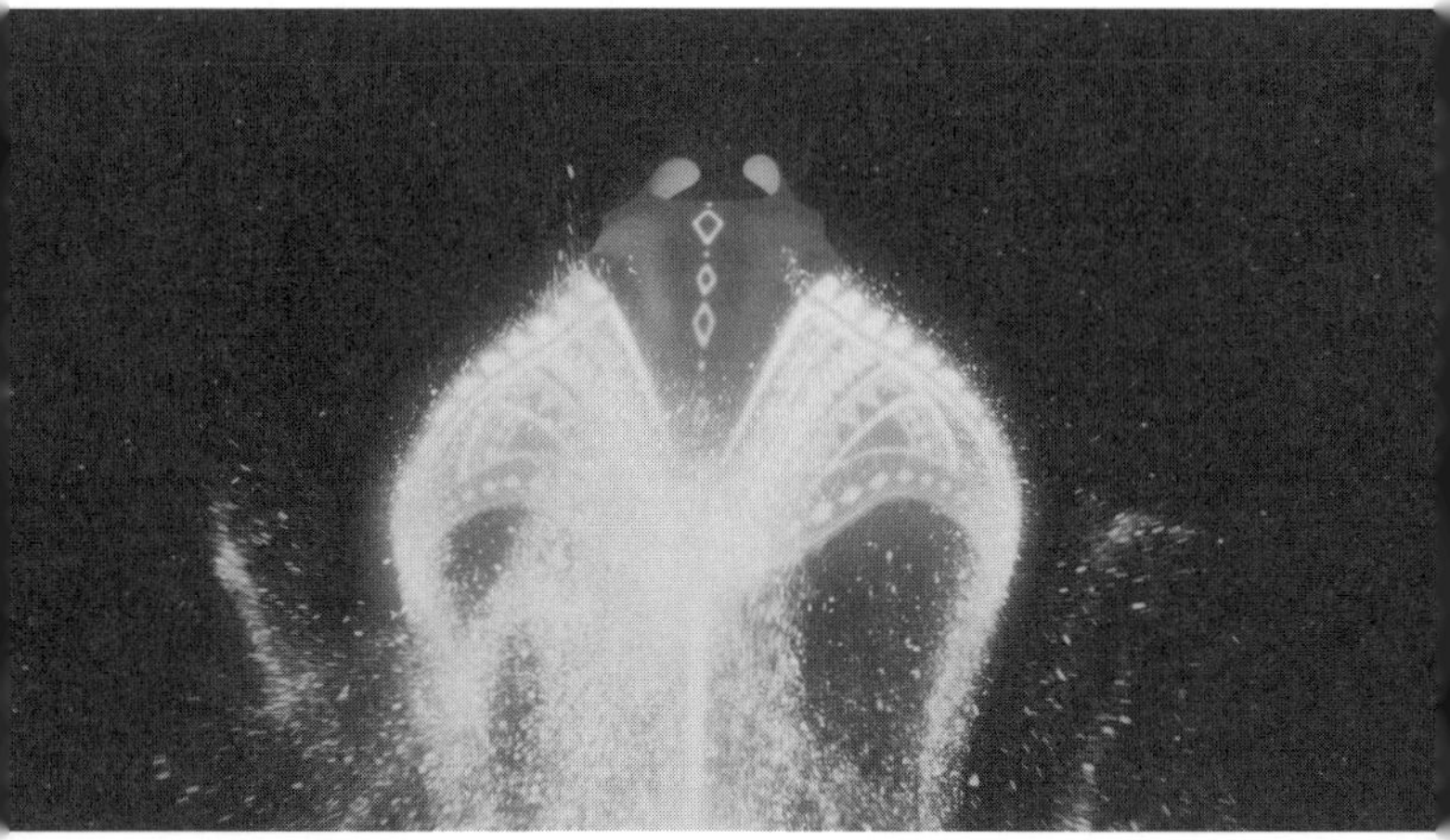

あのエイは、おばあちゃんだ！　死《し》んだら、エイになってもどってくるといっていたのだから。
月《つき》あかりとエイの光《ひかり》のおかげで、モアナは自分《じぶん》が正《ただ》しい針路《しんろ》をすすんでいるのだとわかった。
もう迷《まよ》いはない。モアナはサンゴ礁《しょう》にむかって、オールをこぎつづけた。大波《おおなみ》がおしよせてきても、今度《こんど》はひるまなかった。
わたしは海《うみ》にえらばれた娘《むすめ》よ。負《ま》けてたまるものですか！

大波《おおなみ》をのりこえ、波《なみ》がくだけたとき、モアナはサンゴ礁《しょう》のむこうにわたっていた。

やった！　サンゴ礁《しょう》をこえた！　モアナはふりかえり、モトゥヌイの島《しま》をもう一度《ど》見《み》た。

島《しま》がどんどん遠《とお》ざかっていく。胸《むね》がちくりと痛《いた》んだが、こぎだした以上《いじょう》、前《まえ》にすすむしかない。わたしたちの先祖《せんぞ》は、海《うみ》をわたる旅人《たびびと》だったのだから。

空《そら》を見《み》あげ、釣《つ》り針《ばり》の形《かたち》の星座《せいざ》に目《め》をこらした。ネックレスをぎゅっとにぎり、自分《じぶん》にいいきかせた。

さあ、マウイをさがしてみせるわ！

7　あらしとのたたかい

モアナは夜通《よどお》しオールをこぎつづけた。やがて、水平線《すいへいせん》に太陽《たいよう》が顔《かお》を出《だ》し、あたりを赤《あか》くそめた。朝《あさ》が来《き》たのだ。

いよいよ勝負《しょうぶ》のときが近《ちか》づいてきたわ！

マウイに会《あ》ったときになんといったらいいか、タラおばあちゃんから教《おそ》わったことばを、くりかえし練習《れんしゅう》した。

「わたしはモトゥヌイのモアナ。わたしの舟《ふね》にのって海《うみ》をわたり、テ・フィティの〈心《こころ》〉をもとにもどしなさい。わたしはモトゥヌイの――。」

奇妙《きみょう》なコッコッという鳴《な》き声《ごえ》に、モアナは口《くち》をつぐんだ。なんの声《こえ》？　あたりを見《み》まわすと……舟《ふね》の上《うえ》にころがっていたココナッツがむくっと起《お》きあがり、鳴《な》き声《ごえ》はますます大《おお》きくなった。

「ヘイヘイ？」

ココナッツをどかしてみると、ペットの雄鶏《おんどり》がいた。いつのまにか、舟《ふね》にしのびこんでいたらしい。自分《じぶん》が海《うみ》の上《うえ》にいるとわかると、ヘイヘイの目《め》がまるくなり、たすけをもとめるかのように、かなきり声《ごえ》をあげた。

モアナは、すばやくココナッツのからをヘイヘイの頭《あたま》にかぶせ、しずかにさせた。ためしにココナッツをどかしてみると、ふたたびけたたましい声《こえ》をあげた。もう一度《ど》かぶせると、ヘイヘイはおとなしくなった。

「ね、わかった？　心配《しんぱい》ないわ。海《うみ》はすばらしい。わたしの友《とも》だちよ。」

モアナはヘイヘイを船倉《せんそう》に入《い》れ、じっとしているようい いきかせた。

「さあ、マウイに会《あ》いに行《い》くわよ。」

オールをにぎる手《て》に力《ちから》がこもる。ふたたび、タラおばあちゃんに教《おし》えられたことばを練習《れんしゅう》しながら、舟《ふね》をすすめた。

「わたしはモトゥヌイのモアナ。わたしの舟《ふね》にのって海《うみ》をわたり、テ・フィティの〈心《こころ》〉をもとにもどしなさい。」

夜《よる》になると、強《つよ》い風《かぜ》が吹《ふ》いてきた。モアナは風《かぜ》に負《ま》けずに、針路《しんろ》を一定《いってい》にたもつよう心《こころ》がけた。長時間《ちょうじかん》オールをこいでいたせいか、しだいにぐったりつかれてきた。が、祖母《そぼ》に教《おそ》わったことばをとなえつづけた。

「わたしは……モトゥヌイの……モアナ。」

ねむくて、ことばがとぎれとぎれになってくる。

波《なみ》につつかれ、はっとわれにかえった。

釣り針《ばり》の形《かたち》をした星座《せいざ》はどこ？　見《み》うしなったらたいへん。あわてて空《そら》を見《み》あげた。体《からだ》をくるりと回転《かいてん》させると、星座《せいざ》があった！

針路《しんろ》を変《か》えようとしたとき、ふたたび強《つよ》い風《かぜ》が吹《ふ》いてきた。モアナはバランスをくずし、舟《ふね》がかたむきだした。なんとか立《た》てなおそうとしたが、舟《ふね》はひっくりかえり、モアナは海《うみ》に投《な》げだされた。

海面《かいめん》にうきあがると、舟《ふね》につんできた食糧《しょくりょう》が、あちこちにぷかぷかうかんでいる。オールも流《なが》されている。モアナは海《うみ》によびかけた。

「海《うみ》よ……少《すこ》したすけてもらえない？」

海《うみ》の答《こた》えを待《ま》っているあいだ、モアナはちらばった荷物《にもつ》をかきあつめようとした。そのとき、耳《みみ》をつんざくような雷鳴《らいめい》がとどろいた。あらしが来《く》るのだ。モアナは荷物《にもつ》をあきらめた。オールに手《て》をのばし、舟《ふね》にもどろうとした。

「おねがい……たすけて！　おねがい！」

だが、波《なみ》はますます高《たか》く、荒《あ》れくるった。モアナはなすすべもなく舟《ふね》にしがみついたが、荒波《あらなみ》にもまれ、舟《ふね》は小《ちい》さなおもちゃのようにはげしくゆれる。かべのような波《なみ》がおしよせてきた。そして、目《め》の前《まえ》が真《ま》っ暗《くら》になった……。

目《め》ざめたとき、モアナはどこかの島《しま》の浜辺《はまべ》に、砂《すな》まみれで横《よこ》たわっていた。口《くち》から砂《すな》をはきだした。舟《ふね》も浜《はま》にうちあげられており、ヘイヘイがかごを頭《あたま》にのせて、帆柱《ほばしら》の上《うえ》に立《た》っていた。

モアナは、とっさに自分《じぶん》の首《くび》に手《て》をやった。よかった！　ネックレスも、貝《かい》がらに入《い》れたテ・フィティの〈心《こころ》〉もぶじだ。

ほっとしたとたん、海《うみ》への怒《いか》りがわきおこり、モアナは水《みず》ぎわに歩《ある》いていった。

「どういうこと？　わたしは、『たすけて』といったのに。高波《たかなみ》に舟《ふね》をおそわせるなんて。ちっとも、たすけになってないじゃない！」

大声《おおごえ》で息《いき》まき、海《うみ》にむけて砂《すな》をけった。すっと波《なみ》がひいて足《あし》をすくわれ、モアナはあおむけにひっくりかえった。

「絶対《ぜったい》にゆるさないから！」

モアナは海《うみ》に指《ゆび》をつきたてた。少《すこ》しだけ、気《き》がおさまった。

ふりかえると、ヘイヘイが頭《あたま》をかごにつっこんだまま、何度《なんど》も大《おお》きな岩《いわ》にぶつかっていた。ふつうの岩《いわ》ではなく、巨大《きょだい》な釣《つ》り針《ばり》のもようが彫《ほ》られている。モアナは周囲《しゅうい》を見《み》た。砂浜《すなはま》に、人間《にんげん》のものとは思《おも》えないほど大《おお》きな足《あし》あとがついている。

「マウイ……？」

ひょっとして、マウイが近《ちか》くにいるのかしら？

波《なみ》が、うなずいているように見《み》えた。モアナは目《め》をふせた。海《うみ》は、わたしをたすけてくれていたのね。そして、ここにつれてきたんだわ。

海《うみ》にあやまろうとしたそのとき、物音《ものおと》とともに、巨大《きょだい》な人影《ひとかげ》が近《ちか》づいてきた。モアナは息《いき》をのんだ。

8 風《かぜ》と海《うみ》をつかさどる者《もの》

モアナは片手《かたて》でオールをにぎりしめ、もういっぽうの手《て》でヘイヘイをだくと、舟《ふね》のかげにかくれ、心《こころ》をおちつかせた。

「マウイ、風《かぜ》と海《うみ》の半神《はんしん》。わたしはモトゥヌイのモアナ。わたしの舟《ふね》で——ちがう——わたしの舟《ふね》にのって——海《うみ》をわたり、テ・フィティの〈心《こころ》〉をもとにもどしなさい。」

マウイにつげることばを小《ちい》さな声《こえ》で練習《れんしゅう》していると、うれしそうにだれかがさけんだ。

「おっ、舟《ふね》じゃないか！　こいつは神《かみ》からのさずかりものだ。」

ふいに、男《おとこ》があらわれた。山《やま》のような大男《おおおとこ》だ。肌《はだ》は浅黒《あさぐろ》く、がっしりした体《からだ》じゅうがタトゥーにおおわれており、もじゃもじゃの黒髪《くろかみ》がたくましい肩《かた》にたれている。クジラの歯《は》でできたネックレスを首《くび》にまき、バナナの葉《は》でつくった腰《こし》みのをつけている。

男《おとこ》は大《おお》きな口《くち》をあけてにんまりと笑《わら》うと、舟《ふね》に近《ちか》づき、軽々《かるがる》と片手《かたて》でもちあげた。

そのとき、舟《ふね》のかげにしゃがみこんでいたモアナに気《き》づき、男《おとこ》はびっくりして舟《ふね》を落《お》とした。もう一度《ど》、舟《ふね》をもちあげたが、すでにモアナのすがたはなく、砂《すな》からヘイヘイの頭《あたま》がにゅっとつきでているだけだ。娘《むすめ》はどうした？　男《おとこ》は周囲《しゅうい》を見《み》わたした。その背後《はいご》に、モアナがひょっこりあらわれた。

「あなたはマウイ？」

マウイはふりむいて、モアナと顔《かお》を合《あ》わせた。肩《かた》にかついだ舟《ふね》を、あやうくモアナにぶつけるところだった。

目《め》の前《まえ》に、大岩《おおいわ》のようなマウイがそびえ立《た》っている。モアナは気《き》をとりなおし、勇気《ゆうき》をふるいおこしてしゃべりかけた。

「いろいろなすがたに変身《へんしん》できるんですって？　風《かぜ》と海《うみ》をつかさどる半神半人《はんしんはんじん》？」

モアナは声《こえ》がふるえないようにしてたずねると、深《ふか》く息《いき》をついた。

「わたしはモアナ――。」

「やあ。なんの用《よう》だい？」

マウイはモアナのことばをさえぎった。

「おれはマウイだ。たしかにおれは、いろいろなすがたに変身《へんしん》できるし、風《かぜ》と海《うみ》をつかさどる半神半人《はんしんはんじん》だ。人々《ひとびと》のヒーローさ。」

「ええと、わたしはモア――。」

モアナはふたたび口《くち》にした。が、またもさえぎられた。

「ヒーローに会《あ》いに来《き》たのか？」

まったくもう！　人《ひと》の話《はなし》を最後《さいご》まできなさいよ。モアナはオールをマウイにむけた。

「ちがう。わたしがここに来《き》たのは――。」

と、ふたたびいいかけた。

「もちろん、わかってるさ。マウイはファンのためなら、いつだって時間《じかん》をさいてやる。」

マウイは、モアナが自分《じぶん》のファンだと思《おも》いこんでいるようだ。

なんて、うぬぼれの強《つよ》いやつかしら！　モアナはだんだん腹《はら》が立《た》ってきた。サンゴ礁《しょう》をこえ、危険《きけん》な目《め》にあいながら、はるばるやってきたというのに……こんないいかげんな男《おとこ》だったなんて。

マウイは舟《ふね》をおろし、モアナの手《て》からオールをうばうと、砂《すな》にうまっていたヘイヘイをつかんだ。次《つぎ》に、ヘイヘイのくちばしをつかってオールに釣り針《ばり》のシンボルを彫《ほ》り、さらにハートもくわえると、モアナにさしだして片目《かため》をつぶってみせた。

「ヒーローに会《あ》えることなんて、そうそうないものな。」

モアナはサインを見《み》おろした。こんなもの、ほしくもないわ。かっとなって、オールでマウイの腹《はら》をひっぱたいた。ウッ！　思《おも》いがけない攻撃《こうげき》に、マウイは体《からだ》を二つ折《お》りにした。モアナはマウイの耳《みみ》をつかんだ。

「あなたはヒーローなんかじゃない！　テ・フィティの〈心《こころ》〉をぬすんだどろぼうよ！」

モアナはネックレスの貝《かい》がらから青緑色《あおみどりいろ》の石《いし》を出《だ》し、マウイに見《み》せた。

「わたしの舟《ふね》にのって海《うみ》をわたり、テ・フィティの〈心《こころ》〉をもとにもどしなさい！」

モアナは、マウイを舟《ふね》のほうにおしやろうとした。だがそれは、れんがのかべをうごかそうとするようなものだった。マウイはびくともしない。巨人《きょじん》のような手《て》でモアナの頭《あたま》をつかんで、地面《じめん》からひょいともちあげ、しげしげとながめると、ふたたび地面《じめん》におろした。

「その口《くち》ぶりからすると、おれのことが好《す》きじゃなさそうだな。だが、そんなことありえない。おれが思《おも》うに、あんたは感謝《かんしゃ》のことばをいおうとしてたんだろ？」

「感謝《かんしゃ》ですって？」

モアナはあっけにとられた。

「なんの話《はなし》？　かんちがいしないで。わたしは――。」

モアナは早口《はやくち》でまくしたてた。が、またしてもマウイにさえぎられた。マウイは自分《じぶん》がいかにすばらしいかを、長々《ながなが》と語《かた》りはじめた。

マウイは、体《からだ》をうめつくすタトゥーのひとつを指《ゆび》さした。それは、マウイの小型《こがた》版《ばん》――ミニ・マウイだった。ミニ・マウイが、マウイの体《からだ》の上《うえ》でさかんにとびはねている。どうやら自由《じゆう》にうごきまわれるようだ。さしずめ、マウイの相棒《あいぼう》といったところらしい。

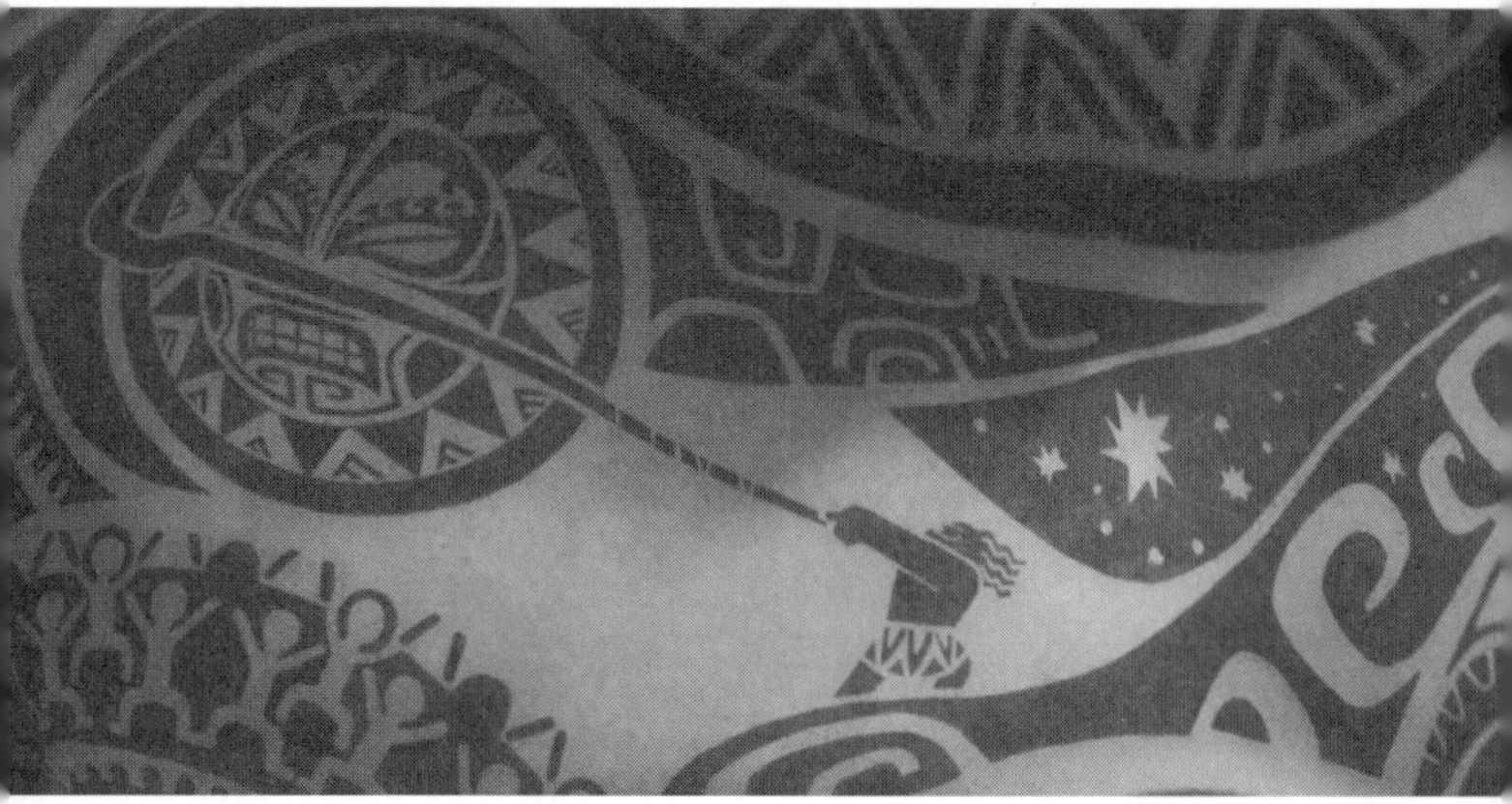

マウイは、自分《じぶん》が世界《せかい》のためになしとげた手《て》がら話《ばなし》のあれこれを、次々《つぎつぎ》と語《かた》ってきかせた。その話《はなし》に合《あ》わせて、ほかのタトゥーたちも生《い》き生《い》きとうごきだした。あるタトゥーは、マウイが地震《じしん》の神《かみ》から火《ひ》をぬすみ、それを人間《にんげん》のところにもっていった話《はなし》をうごきでしめした。べつのタトゥーは、マウイが太陽《たいよう》を投《な》げなわでとらえて、昼間《ひるま》の時間《じかん》をひきのばした話《はなし》を演《えん》じてみせた。そんなふうにタトゥーたちは、マウイがいかに人間《にんげん》の役《やく》に立《た》っていたかを教《おし》えた。

自分《じぶん》のかがやかしい過去《かこ》を話《はな》し終《お》えると、マウイはにやりと笑《わら》い、最後《さいご》にいった。

「礼《れい》はけっこう。」

モアナはぽかんとした顔《かお》で、話《はなし》をきいていた。マウイがただのどろぼうではなく、人間《にんげん》の役《やく》にも立《た》っていたのが意外《いがい》だった。風《かぜ》を起《お》こしたのも、島《しま》があるのも、みんなマウイのおかげだったなんて。

マウイは、なにもいえないでいるモアナの体《からだ》をおすと、近《ちか》くの洞穴《ほらあな》の中《なか》に入《い》れ、入《い》り口《ぐち》に大岩《おおいわ》をころがした。モアナは中《なか》にとじこめられてしまった！

「なにをするの！」

モアナはさけんだが、マウイはとりあわない。足取《あしど》りも軽《かる》く浜辺《はまべ》に行《い》くと、モアナの舟《ふね》にのりこみ、島《しま》をはなれていった。

タトゥーのミニ・マウイが、マウイのうでをひっぱった。

「なんだ？」

マウイはミニ・マウイを見《み》た。モアナを洞穴《ほらあな》にとじこめたことを怒《おこ》っているのだとわかった。

「いいや、だれだかわからん娘《むすめ》を、テ・フィティのもとにつれていく気《き》はない。千年間《ねんかん》、舟《ふね》がなくて島《しま》から出《で》られなかった。その舟《ふね》がせっかく手《て》に入《はい》ったんだから、おれは釣《つ》り針《ばり》をとりもどしに行《い》く。マウイには釣《つ》り針《ばり》が必要《ひつよう》なんだ。」

マウイはミニ・マウイを指《ゆび》ではじきとばした。

と、そのとき、かたわらでヘイヘイが鳴《な》いた。マウイはヘイヘイの首《くび》をつかむと、にやりと笑《わら》った。

「こいつは、いいおやつになりそうだ！」

さて、洞穴《ほらあな》の中《なか》では、モアナが入《い》り口《ぐち》をふさぐ大岩《おおいわ》に体当《たいあ》たりして、うごかそうとしていた。けれど、岩《いわ》は大《おお》きくて重《おも》く、びくともしない。周囲《しゅうい》に目《め》をやった。ここから逃《に》げるべつの方法《ほうほう》はないかしら？

かべぎわに、マウイの巨大《きょだい》な半身像《はんしんぞう》があった。洞穴《ほらあな》の天井《てんじょう》までとどくほど背《せ》が高《たか》い。天井《てんじょう》の、像《ぞう》から少《すこ》しはなれた場所《ばしょ》に穴《あな》があり、光《ひかり》がさしている。そこから外《そと》に出《で》られそうだ。

モアナは、像《ぞう》にかかっているはしごをのぼった。てっぺんにつくと、像《ぞう》の頭部《とうぶ》を足《あし》でけり、天井《てんじょう》の穴《あな》のふちにとびついた。体《からだ》をおしこんで両《りょう》の手足《てあし》をつかい、厚《あつ》い

天井《てんじょう》のせまい穴《あな》をよじのぼっていった。

そのころ、マウイは舟《ふね》の甲板《かんぱん》の上《うえ》でおどっていた。

「あばよ、島《しま》!」

ミニ・マウイが非難《ひなん》するようにマウイをつついた。

「そんな目《め》でおれを見《み》るな。あそこはすてきな洞穴《ほらあな》だ。あの娘《むすめ》も気《き》に入《い》るさ。」

マウイはヘイヘイを見《み》た。

「こいつのこと、気《き》に入《い》ったぜ。もっと太《ふと》らせてから食《く》ってやるとしよう。」

マウイはヘイヘイのために、えさをばらまいた。

モアナは空洞《くうどう》からぬけでて、洞穴《ほらあな》のある岩《いわ》のてっぺんに立《た》つと、あたりを見《み》まわした。自分《じぶん》の舟《ふね》が、まさに島《しま》からはなれようとしているではないか。

マウイがわたしの舟《ふね》にのっている！　逃《に》げる気《き》ね、そうはさせないわ！

モアナは、海岸《かいがん》にむかってのびる岩《いわ》の上《うえ》をかけだすと、岩《いわ》のふちから舟《ふね》をめがけてとびおりた。が、舟《ふね》の手前《てまえ》で海《うみ》に落《お》ちてしまった。必死《ひっし》に泳《およ》いだが、舟《ふね》は遠《とお》ざかるばかりだ。

「待《ま》って！　ちょっと待《ま》ってちょうだい！　テ・フィティの〈心《こころ》〉を返《かえ》さないといけないのよ、マウイ！　マウイったら！」

と、そのとき、モアナはいきなり波《なみ》にひきずられ、ものすごい速度《そくど》で舟《ふね》まではこばれていった。さらに波《なみ》にもちあげられ、船上《せんじょう》に立《た》った。

体《からだ》じゅうから水《みず》をしたたらせてすっくと立《た》つモアナを、マウイはふしぎそうな目《め》で見《み》た。ふたりの視線《しせん》がぶつかる。

「いつのまに、舟《ふね》にのったんだ？」

モアナはひるまずにマウイに顔《かお》をむけ、口《くち》をひらいた。

「わたしはモトゥヌイのモアナ。これはわたしの舟《ふね》よ。あなたは海《うみ》をわたり、テ・フィティの──。」

マウイはモアナをつまみあげると、舟《ふね》の外《そと》にほうり投《な》げた。ミニ・マウイが非難《ひなん》するような顔《かお》になった。

「わかってくれよ。」

マウイは自分《じぶん》の体《からだ》のタトゥーにむかっていった。

「おれたちは、すすまなくちゃいけないんだ。」

けれど、ふたたびモアナが波《なみ》にのって舟《ふね》のへさきにあらわれた。

「また、もどってきやがった。」

マウイはぼやいた。

「わたしはモトゥヌイのモアナ――。」

マウイはオールを海中《かいちゅう》に入《い》れて、いきなり舟《ふね》をとめた。その反動《はんどう》で、モアナはへさきから落《お》ちた。が、すぐに波《なみ》にのって船上《せんじょう》にもどった。

こいつ、いったい何者《なにもの》なんだ？　マウイはあっけにとられた。モアナが海《うみ》にえらばれた少女《しょうじょ》だとは、マウイも知《し》らない。

「あなたは〈心《こころ》〉を返《かえ》しに行《い》かないと――。」

モアナは貝《かい》がらから青緑色《あおみどりいろ》の石《いし》を出《だ》し、マウイに見《み》せた。マウイはぎょっとした顔《かお》でそれをうばいとると、海《うみ》にほうり投《な》げた。

が、たちまち海《うみ》が石《いし》を投《な》げかえし、マウイの頭《あたま》にぶつけた。マウイはモアナを見《み》た。こうまでして、海《うみ》にしかえしされるとは。

「わかった。おれが舟《ふね》からおりるよ。」

といって、海《うみ》にとびこんだ。けれど、海面《かいめん》にふれたとたん、今度《こんど》はマウイが舟《ふね》に投《な》げかえされた。

「おいおい、冗談《じょうだん》じゃない！」

マウイはどなった。

「なにが問題《もんだい》なの？　もしかしたら……テ・フィティの〈心《こころ》〉がこわいの？」

モアナが石《いし》をつきつけると、マウイはあとずさった。

「まさか。おれに、こわいものなんかあるものか。」

マウイは神経質《しんけいしつ》そうに笑《わら》った。そのようすを見《み》て、モアナはぴんときた。マウイは、テ・フィティの〈心《こころ》〉をほんとうにおそれているのだと。

「冗談《じょうだん》はよせ。その石《いし》は〈心《こころ》〉じゃない。わざわいのもとだ。そいつをうばった瞬間《しゅんかん》おれは空《そら》に吹《ふ》きとばされ、釣《つ》り針《ばり》をなくしちまった。そいつをおれに近《ちか》づけるな。」

「そう？」

モアナはマウイをじらすように、石《いし》を彼《かれ》にむかってさしだした。マウイが身《み》をよじらせるのを見《み》ると、さらに石《いし》をぐいっと前《まえ》につきだした。

「おい、やめろ。なにをする？　おれは半神《はんしん》だ。おまえなんか、やっつけてやる。」

マウイは体《からだ》をかわしながらいった。

「死《し》にたいのか？　いいか、よくきけ――そいつは、命《いのち》をつくるんじゃない。死《し》をまねくんだ。わるいことが起《お》きるぞ！」

「わるいことが起《お》きる？　この〈心《こころ》〉の石《いし》のせいで？」

マウイはまゆをひそめた。モアナが彼《かれ》の鼻先《はなさき》で石《いし》をふると、ますますこまった顔《かお》になった。

「おい――もうたくさんだ。」

マウイは、うんざりしたようすだった。

「おまえのせいで、おれたち死《し》んじまうぞ。」

「いいえ、わたしはテ・フィティのところに行《い》くつもり。あなたが〈心《こころ》〉を返《かえ》せるように。」

モアナはきっぱりといった。それから、マウイの声音《こわね》をまねした。

「礼《れい》はけっこう。」


ヒュッ！

巨大《きょだい》な槍《やり》が空《そら》をつっきってきて、舟《ふね》のわきにささった。もう少《すこ》しでヘイヘイにつきささるところだった。ヘイヘイはむじゃきに槍《やり》をつついた。

槍《やり》がどこから来《き》たのか、モアナとマウイはあたりを見《み》まわした。黒《くろ》いもやのむこうに、かろうじて大《おお》きな影《かげ》が見《み》わけられた。

やがて、その影《かげ》の正体《しょうたい》がわかった。山《やま》のように大《おお》きな船《ふね》が近《ちか》づいてくるのだ。

9　カカモラの襲撃《しゅうげき》

「カカモラだ。」

マウイがため息《いき》をついた。

「カカ――なんですって？」

「カカモラという残忍《ざんにん》な海賊《かいぞく》どもだ。それにしても、なんであいつらがここにいるんだ？」

まるでモアナのせいだといわんばかりの顔《かお》で、マウイはモアナを見《み》た。

カカモラの船《ふね》がさらにせまってきた。ココナッツに手足《てあし》をつけたようなすがたの小《ちい》さな戦士《せんし》たちが、甲板《かんぱん》にぎっしりと立《た》っている。数《すう》百、いや数《すう》千はいるだろうか？　彼《かれ》らの口《くち》や目《め》のまわりは、白《しろ》くぬられていた。両手《りょうて》に棒《ぼう》をもち、石《いし》をくりぬいた太鼓《たいこ》をたたいている。その音《おと》がリズミカルにひびく。

「なんだか……かわいいわね。」

モアナはつぶやいた。が、次《つぎ》の瞬間《しゅんかん》、カカモラの隊長《たいちょう》が、モアナの胸《むな》もとでゆれているネックレスを戦闘用《せんとうよう》のおのでしめした。部下《ぶか》たちは、すぐに弓《ゆみ》をかまえた。

テ・フィティの〈心《こころ》〉をねらうつもりね？　モアナは海《うみ》に目《め》をやり、ねがった。

「わたしたちをたすけて！」

マウイが、フンと鼻《はな》で笑《わら》った。

「あいにくだな。海《うみ》はあんたをたすけちゃくれない。自分《じぶん》で自分《じぶん》をまもるんだ。さあ、帆《ほ》の綱《つな》をしっかりしめろ！」

ええと、どの綱《つな》をひっぱればいいのかしら？　マウイはそんなモアナを、いぶかしげに見《み》た。

「あんたは、ちゃんとした航海《こうかい》のしかたを知《し》らないのか？」

「わたしのやり方《かた》は……その……自己流《じこりゅう》なの。それより、あなたはすがたを変《か》えられるんじゃなかった？」

「おれは神《かみ》の釣《つ》り針《ばり》の魔法《まほう》がないと、変身《へんしん》できないんだ。」

カカモラはねらいをさだめ、綱《つな》のついた矢《や》をはなった。船体《せんたい》に矢《や》がつきささる。

隊長《たいちょう》は次《つぎ》の指令《しれい》を出《だ》した。そのとたん、カカモラの船《ふね》は、なんと三そうにわかれた。

「船《ふね》がふえてる！」

モアナは、ぞっとしてさけんだ。

ふいに、何十人《なんにん》ものカカモラの戦士《せんし》らが、矢《や》についている綱《つな》にとびうつり、モアナたちの舟《ふね》にむかってきた。マウイは一本《ぽん》ずつ矢《や》をぬき、カカモラたちがこちらの舟《ふね》にうつってくるのをふせごうとした。

モアナも力《ちから》をふりしぼって、一本《ぽん》の矢《や》をぬいた。

「どう？　わたしだってやったわよ。」

マウイに得意《とくい》げな顔《かお》をむけたそのとき……ボン！　ひとりの戦士《せんし》が、モアナの頭《あたま》に落《お》ちてきた。帆柱《ほばしら》の高《たか》いところにつきささった矢《や》の綱《つな》をわたって、こちらの舟《ふね》にうつっていたのだ。

カカモラの軍団《ぐんだん》が、わらわらと帆柱《ほばしら》からおりてきて、モアナを甲板《かんぱん》におしたおした。ネックレスからテ・フィティの石《いし》が落《お》ちた。甲板《かんぱん》をころがっていく石《いし》を、モアナはいそいで追《お》いかけた。けれどヘイヘイが先《さき》に追《お》いつき、ひと口《くち》でのみこんだ。

「ヘイヘイ！」

モアナはさけんだ。カカモラがヘイヘイをつかみ、いそいで帆柱《ほばしら》をのぼっていく。モアナはそれをとめようと手《て》をのばしたが、カカモラは綱《つな》の下《した》を切《き》り、しがみついている綱《つな》を振《ふ》り子《こ》のようにして、自分《じぶん》たちの船《ふね》にもどっていった。

「テ・フィティの〈心《こころ》〉をとられてしまったわ！」

マウイは、カカモラのうでの中《なか》のヘイヘイを見《み》た。

「ありゃニワトリじゃないか。」

「〈心《こころ》〉の石《いし》がヘイヘイの中《なか》に――。」

モアナは説明《せつめい》しようとしたが、そのひまはないとわかった。

「とにかく、ヘイヘイをとりもどさないと！」

三そうにわかれたうちの、二そうが近《ちか》づいてきた。

ヘイヘイをつかまえているカカモラが、隊長《たいちょう》のいる船《ふね》にのりうつるのが見《み》えた。と、そのとき、マウイがとつぜん自分《じぶん》たちの舟《ふね》の針路《しんろ》を変《か》えた。モアナはびっくりした。逃《に》げようとしている！　マウイはヘイヘイのことなんて、どうでもいいのね。

「なにをしてるの？　石《いし》をおいていく気《き》？」

モアナは声《こえ》をはりあげ、マウイをせめた。

「わすれろ。二度《ど》と、とりもどせやしないさ。それより、もっといいものをもってるじゃないか。」

マウイはにやりと笑《わら》い、オールをかかげてみせた。ハートと釣《つ》り針《ばり》の絵《え》がきざまれたものだ。モアナはオールをひったくった。舟《ふね》をU《ユー》ターンさせ、カカモラの隊長《たいちょう》のいる船《ふね》に近《ちか》づくと、オールをにぎったままとびうつった。

「おい――オールがなきゃ、どうやって舟《ふね》をこげっていうんだ？　やつらに殺《ころ》されちまうぞ！」

うしろからマウイがどなった。が、モアナはすでに、カカモラの一団《いちだん》とむかいあっていた。どうやって、ヘイヘイをとりもどしたらいい？

モアナは、オールをふりまわしてカカモラの群《む》れを次々《つぎつぎ》になぎたおしながら、甲板《かんぱん》をすすんでいった。船《ふね》の反対側《はんたいがわ》に目《め》をやると、ひとりの戦士《せんし》が隊長《たいちょう》にヘイヘイをさしだそうとしている。

ヘイヘイ、待《ま》ってて！

さらに行《ゆ》く手《て》をはばむ戦士《せんし》たちをぶちのめしたあと、隊長《たいちょう》に突進《とっしん》して、そのうでからヘイヘイをひったくり、走《はし》りつづけた。

カカモラが、毒《どく》をぬった吹《ふ》き矢《や》をはなちながら追《お》いかけてくる。そのうちの一本《ぽん》の矢《や》が、うっかり隊長《たいちょう》に命中《めいちゅう》してしまった。ウーン……隊長《たいちょう》は気《き》をうしない、たおれた。

モアナはオールとヘイヘイをかかえて走《はし》ると、カカモラからうばいとった矢《や》を自《じ》分《ぶん》の舟《ふね》にむけて投《な》げた。うまく命中《めいちゅう》したわ！　今度《こんど》は矢《や》についた綱《つな》にオールをひっかけ、その両《りょう》はしをにぎってぶらさがると、そのますべりおりて自分《じぶん》の舟《ふね》にとびうつった。

モアナが着地《ちゃくち》したのは、マウイの体《からだ》の上《うえ》だった。ウウッ……マウイがうめく。とびおりたはずみで、ポコッ。ヘイヘイの口《くち》から石《いし》がとびだした。

「〈心《こころ》〉が出《で》てきたわ！」

モアナは石《いし》を手《て》にとった。だが、よろこんだのもつかのま、周囲《しゅうい》を見《み》て、カカモラの船団《せんだん》にかこまれていることに気《き》づいた。

カカモラの矢《や》がビュンビュン飛《と》んでくる。が、マウイはたくみに舟《ふね》をあやつり、敵《てき》の船《ふね》と船《ふね》のすきまに入《はい》ろうとした。カカモラは船《ふね》をくっつけて逃《に》げ道《みち》をふさごうとしたが、間一髪《かんいっぱつ》のところで間《ま》に合《あ》った！　のこったカカモラの船《ふね》もそのすきまに入《はい》ろうとしたが、ガッシーン！　船同士《ふねどうし》がぶつかり、たがいにひっくりかえった。

「やったあ！」

モアナは歓声《かんせい》をあげた。カカモラの船団《せんだん》がしずんでいく。てっきり、マウイから
ほめられると思《おも》ったのだが……。

「死《し》なないでよかったな。」

マウイのことばは、そっけなかった。

「あんたにはおどろかされたよ。おじょうさん。」

最後《さいご》のことばはやさしかったが、すぐにマウイは声《こえ》の調子《ちょうし》を変《か》えた。

「けど、やっぱりおれは、あれを返《かえ》そうって気《き》にはなれない。」

モアナはマウイをじっと見《み》つめた。なぜ、石《いし》をテ・フィティにもどすのがいやな
のか、わからなかった。

「あんたは、テ・フィティのとこに行《い》きたいんだろ？　それには荒海《あらうみ》をわたってい

かなきゃならない。道中《どうちゅう》には、大地《だいち》と炎《ほのお》の悪魔《あくま》、テ・カァもいる　テ・カァに勝《か》てた者《もの》はいない。」

マウイは体《からだ》のテ・カァのタトゥーを見《み》せ、きびしい顔《かお》でモアナを見《み》た。

「おれは、みすみす死《し》ぬようなまねはしない。どこのだれだか知《し》らない娘《むすめ》といっしょに。あんたは、おれなしじゃ、〈心《こころ》〉をもどせない……そして、おれの答《こた》えはノーだ。おれがほしいのは、自分《じぶん》の釣《つ》り針《ばり》だ。」

そういって、マウイは腰《こし》をおろした。モアナはマウイの顔《かお》と、全身《ぜんしん》のタトゥーを見《み》て考《かんが》えた。この男《おとこ》をあやつるには、どうしたらいいだろう？　そうだ、そのとてつもない自尊心《じそんしん》に、うったえかけてみよう。

「あなたはヒーローになれるのよ。そうなりたいんでしょ？」

マウイは心《こころ》をひかれたようすもなく、モアナがもってきた荷物《にもつ》をあさり、バナナを手《て》にとった。

「おじょうさん、おれはいまでもヒーローだ。」

マウイはバナナの皮《かわ》をむいて、かぶりついた。

「むかしはね……でも、いまは――いまのあなたは、テ・フィティの〈心《こころ》〉をぬすんだ、ただの男《おとこ》……世《よ》の中《なか》をのろっている男《おとこ》。だれのヒーローでもないわ。」

モアナはマウイの手《て》からバナナをうばいとり、のこりをむしゃむしゃ食《た》べた。マウイが顔《かお》をしかめる。

「だれのヒーローでもないって?」

マウイは海《うみ》に目《め》をやった。まるでうなずくかのように、波《なみ》がうねっている。モアナは石《いし》をかかげた。

「でも、この〈心《こころ》〉をもどしたら? 世界《せかい》を救《すく》ったら? あなたは、みんなのヒーローよ。」

モアナはマウイの耳《みみ》もとで、ささやきつづけた。

「マウイ、マウイ、マウイ！」

その声《こえ》に応《おう》じるように、ミニ・マウイやたくさんのタトゥーが、マウイの体《からだ》でとびはねた。

マウイはしばらく考《かんが》えてから、きっぱりとはねつけた。

「テ・カァをこえていくことはできない。釣《つ》り針《ばり》なしじゃな。」

だが、モアナはくいさがった。

「だったら、こうしましょう。まずは釣《つ》り針《ばり》をとりかえすのよ。そして、〈心《こころ》〉の石《いし》をテ・フィティにもどす。あなたは、風《かぜ》と海《うみ》をつかさどる半神《はんしん》のマウイでしょ？みんなのヒーローでいたくないなら、話《はなし》はべつだけど。」

マウイはまたも考《かんが》え、よろこんでとびはねているミニ・マウイに目《め》をやった。マウイはミニ・マウイを指《ゆび》でつまみ、背中《せなか》に追《お》いはらった。

「まずは、釣《つ》り針《ばり》をとりもどすことからだ。」

モアナはうなずいた。

「それから世界《せかい》を救《すく》うのね？　それで決《き》まりね？」

モアナは握手《あくしゅ》しようと手《て》をのばした。

「決《き》まりだ。」

マウイはモアナの手《て》をにぎると、すばやく海《うみ》にほうり投《な》げた。が、波《なみ》にのって、
モアナはすぐ舟《ふね》にもどった。マウイは肩《かた》をすくめた。

「まあ、やってみるか。」

10　あらたな冒険《ぼうけん》へ

夜空《よぞら》にむかって手《て》をのばすと、マウイは星座《せいざ》の位置《いち》をたしかめた。星座《せいざ》を地図《ちず》のように読《よ》んで、星《ほし》と水平線《すいへいせん》の距離《きょり》をはかるのだ。もういっぽうの手《て》を海《うみ》に入《い》れて潮《しお》の流《なが》れを読《よ》み、どの方向《ほうこう》にすすむべきかを決《き》めた。モアナは、そんなマウイをじっと見《み》ていた。

「東《ひがし》に行《い》こう。タマトアのすみかに。あいつは海《うみ》の底《そこ》をはいずりまわってる。もし、おれの釣《つ》り針《ばり》をもってるやつがいるとしたら、そいつはタマトアだ。」

タマトアって？　モアナは首《くび》をかしげた。が、その瞬間《しゅんかん》、舟《ふね》がいきおいよくすすみだしたため、たずねるひまがなかった。マウイはてきぱきと帆《ほ》のむきを変《か》えたり、綱《つな》をむすんだりしている。

モアナは興味《きょうみ》をひかれて、マウイの行動《こうどう》の一部始終《いちぶしじゅう》を見《み》ていた。

「航海《こうかい》のしかたを教《おし》えて。」

マウイにおねがいした。

「ポリネシアにつたわる航海術《こうかいじゅつ》だよ、お姫《ひめ》さま。星《ほし》や風《かぜ》、潮《しお》の流《なが》れといった自然《しぜん》を相手《あいて》に頭《あたま》で考《かんが》えるのさ……まずは、自分《じぶん》の居場所《いばしょ》を知《し》ることからだ。」

「わかった。でもその前《まえ》に、お姫《ひめ》さまってよぶのはよして。わたしは、村《むら》の長《おさ》の娘《むすめ》――。」

「べつに、ちがいはないだろ？」

「いいえ――。」

「お姫《ひめ》さまは、お姫《ひめ》さまだ。航海《こうかい》にはむかない。あんただけじゃ、めざす場所《ばしょ》は見《み》つけられないだろう。けっしてね。」

マウイはモアナをひょいともちあげ、ヘイヘイの入《はい》っている船倉《せんそう》におしこんだ。そのとき、海《うみ》がおこったようにもりあがり、船尾《せんび》にささっていたカカモラの毒矢《どくや》をぬいて、マウイのしりにつきさした。

「本気《ほんき》かよ？　おれのケツに矢《や》をさしたのか？」

マウイは甲板《かんぱん》にぐったりとたおれた。頭以外《あたまいがい》の全身《ぜんしん》がしびれている。モアナはにやりとした。

「あんたはわるいやつだな。」

マウイは舟《ふね》の床《ゆか》に頭《あたま》をおしつけた。

「口《くち》がきけるなら、教《おし》えてちょうだい。航海術《こうかいじゅつ》のレッスンその一を……いってちょうだい。」

マウイはうめいた。

「揚《あ》げ綱《づな》をほどけ。」

モアナはいわれたとおりに、綱《つな》をえらんでそれをほどいた。

「そいつは揚《あ》げ綱《づな》じゃない。」

マウイにいわれ、モアナはべつの綱《つな》をえらんだ。またもマウイが口《くち》をとがらせた。

「そいつでもない。」

モアナは次々《つぎつぎ》に綱《つな》を手《て》にしたが、どれもちがっていた。

しばらくのち、モアナは片手《かたて》を空《そら》にあげ、星座《せいざ》を読《よ》もうとした。手《て》をのばしたりひっこめたりして、星座《せいざ》を正《ただ》しく理解《りかい》しているかたしかめようとした。

「星《ほし》を読《よ》み解《と》くんだ。手《て》をそんなふうにうごかすんじゃなくて。」

マウイがいらだった声《こえ》でいった。モアナは片手《かたて》を海《うみ》に入《い》れた。

「もし潮《しお》があたたかかったら、針路《しんろ》は正《ただ》しいってことだ。」

マウイがいった。

その夜《よる》、モアナはずっと、マウイの指示《しじ》にしたがおうと全力《ぜんりょく》をつくした。

翌朝《よくあさ》。緑色《みどりいろ》の美《うつく》しい島《しま》に、舟《ふね》は近《ちか》づいていた。

「あそこがタマトアのいる島《しま》なの？　マウイ？」

が、マウイはいびきをかいて寝《ね》ている。モアナは島《しま》を見《み》て、気《き》づいた。あれはモトゥヌイ島《とう》だ。

「モトゥヌイ……つまり……もどってきたってこと？」

モアナは首《くび》をかしげた。

そのとき、すぐ目《め》の前《まえ》で、青々《あおあお》としていた島《しま》が黒《くろ》く変《か》わった。すべてがしなび、枯《か》れていった。遠《とお》くに、父《ちち》のトゥイと母《はは》のシーナのすがたが見《み》える。ふたりはおびえているようだった。両親《りょうしん》はモアナに気《き》づくと、救《すく》いをもとめた。が、舟《ふね》はまだ島《しま》から遠《とお》い……。

モアナはそこで、はっと目《め》ざめた。ああ、よかった！　夢《ゆめ》だったのね。

「よくねむれたかい？」

マウイが皮肉《ひにく》をいった。毒矢《どくや》の効果《こうか》はようやくうすれ、マウイはふたたびうごけるようになっていた。

「本物《ほんもの》の航海士《こうかいし》は、けっして寝《ね》たりしないもんだ。めざす場所《ばしょ》にたどりつくためにはな。」

大《おお》きな海鳥《うみどり》が空《そら》を飛《と》んでいることに、ふたりは気《き》づいた。鳥《とり》は羽《は》ばたきながら、島《しま》にむかっていった。細長《ほそなが》い岩《いわ》がいく層《そう》にもかさなった島《しま》で、空《そら》にとどくほど高《たか》くそそり立《た》っている。

「がんばったな。さあ、ついた。」

舟《ふね》が岩《いわ》でごつごつした浜《はま》につくと、マウイは近《ちか》くの岩《いわ》に綱《つな》をまきつけた。

「ここにいるタマトアとやらが、あなたの釣《つ》り針《ばり》をもってるのは、たしかなの？」

モアナはたずねた。

「タマトア？　そうだ。あいつはハゲタカみたいなやつだ。自分《じぶん》をかっこよく見《み》せてくれるものをあつめるのが好《す》きなんだ。だからまちがいなく、やつにとっちゃ、おれの釣《つ》り針《ばり》は最高《さいこう》の宝物《たからもの》だ。」

「そのタマトアは、あの上《うえ》にいるの？」

そびえたつ岩《いわ》を見《み》ながら、モアナはたずねた。マウイはくすくす笑《わら》った。

「なんだって？　ちがう。あそこは入《い》り口《ぐち》にすぎない。タマトアのすみか、ラロタイへの。」

「ラロタイって、あのラロタイ？」

モアナはおちつかなくなってきた。ラロタイについては、きいたことがある。海《うみ》の底《そこ》にあり、得体《えたい》の知《し》れない魔物《まもの》がうじゃうじゃいるという話《はなし》だ。

「わたしたち、魔物《まもの》の国《くに》に行《い》くの？」

「わたしたち？　まさか。おれが行《い》くんだ。あんたは、ここでおとなしくしててくれ……ニワトリといっしょに。」

モアナは、マウイにあれこれ指図《さしず》されたままでいる気《き》はなかった。ネックレスをにぎって勇気《ゆうき》を出《だ》すと、マウイのあとを追《お》ってラロタイに行《い》く心《こころ》の準備《じゅんび》をした。

11　魔物《まもの》たちの国《くに》

マウイは、どんどん岩山《いわやま》の高《たか》みへとのぼっていく。と、横《よこ》に二本《ほん》の手《て》が見《み》えてきた。モアナが追《お》いついてきたのだ。マウイは目《め》をぐるりとまわした。が、おどろきはしなかった。そんな予感《よかん》がしていた。モアナがおとなしくひきさがるとは、思《おも》えなかったのだ。

モアナはハアハア肩《かた》で息《いき》をしながら、次《つぎ》から次《つぎ》へと岩《いわ》にとびつき、体《からだ》をひきあげていく。横《よこ》からマウイが声《こえ》をかけた。

「〝長《おさ》の娘《むすめ》〟さんってのは、村《むら》におとなしくひっこんでいて、赤《あか》んぼうにキスでもしてるのかと思《おも》ってたけどな。理解《りかい》できないのは、なんで村《むら》の連中《れんちゅう》は、おれのもとにあんたをよこしたんだ？」

「村《むら》の人《ひと》たちが、わたしをよこしたわけじゃない。海《うみ》がそうさせたのよ。」

べつの岩《いわ》に手《て》をのばしながら、モアナは答《こた》えた。

「ふーん。海《うみ》がそうさせた、か。それで納得《なっとく》がいったよ。あんたは……何歳《なんさい》だ、八歳《さい》？」

マウイは皮肉《ひにく》をいったが、モアナは無視《むし》した。

「おまけに、あんたは航海《こうかい》のしかたも知《し》らない。まさに、ぴったりの人物《じんぶつ》だ。」

「海《うみ》がわたしをえらんだのには、理由《りゆう》があるのよ。」

「もし、海《うみ》がそんなにりこうなら、なんでテ・フィティに、とっとと〈心《こころ》〉を返《かえ》さないんだ？　なぜ、おれに釣《つ》り針《ばり》を返《かえ》さない？　その理由《りゆう》を教《おし》えてやろうか？　それは、海《うみ》がとんでもない大《おお》ばか野郎《やろう》だからだ。」

モアナはふりむき、何《なん》百メートルも下《した》の海《うみ》を見《み》た。深《ふか》く息《いき》をすい、目《め》の前《まえ》の岩《いわ》をのぼることだけを心《こころ》がけた。

マウイはモアナに手《て》をかしてやり、最後《さいご》までのぼらせた。ふたりは頂《いただき》についた。

頂上《ちょうじょう》に立《た》つと、モアナは、はるかかなたにひろがる水平線《すいへいせん》を見《み》て、目《め》をとじた。

「わたしがえらばれたのには、理由《りゆう》があるのよ。」

「またその話《はなし》をはじめる気《き》なら、ほうり投《な》げてやる。」

横《よこ》に立《た》つマウイがいった。モアナはあたりを見《み》た。頂上《ちょうじょう》はひらたく、せまく、足《あし》もとは土《つち》ぼこりだらけだ。

「ラロタイへの入《い》り口《ぐち》はどこかしら？」

「人間《にんげん》をささげたときしか、あかないのさ。」

そういって、マウイはにやりとした。

「冗談《じょうだん》だよ。そんなまじめな顔《かお》になるな。」

マウイはすうっと息《いき》をすうと、地面《じめん》にむかって思《おも》いきり吹《ふ》いた。土《つち》ぼこりがブ

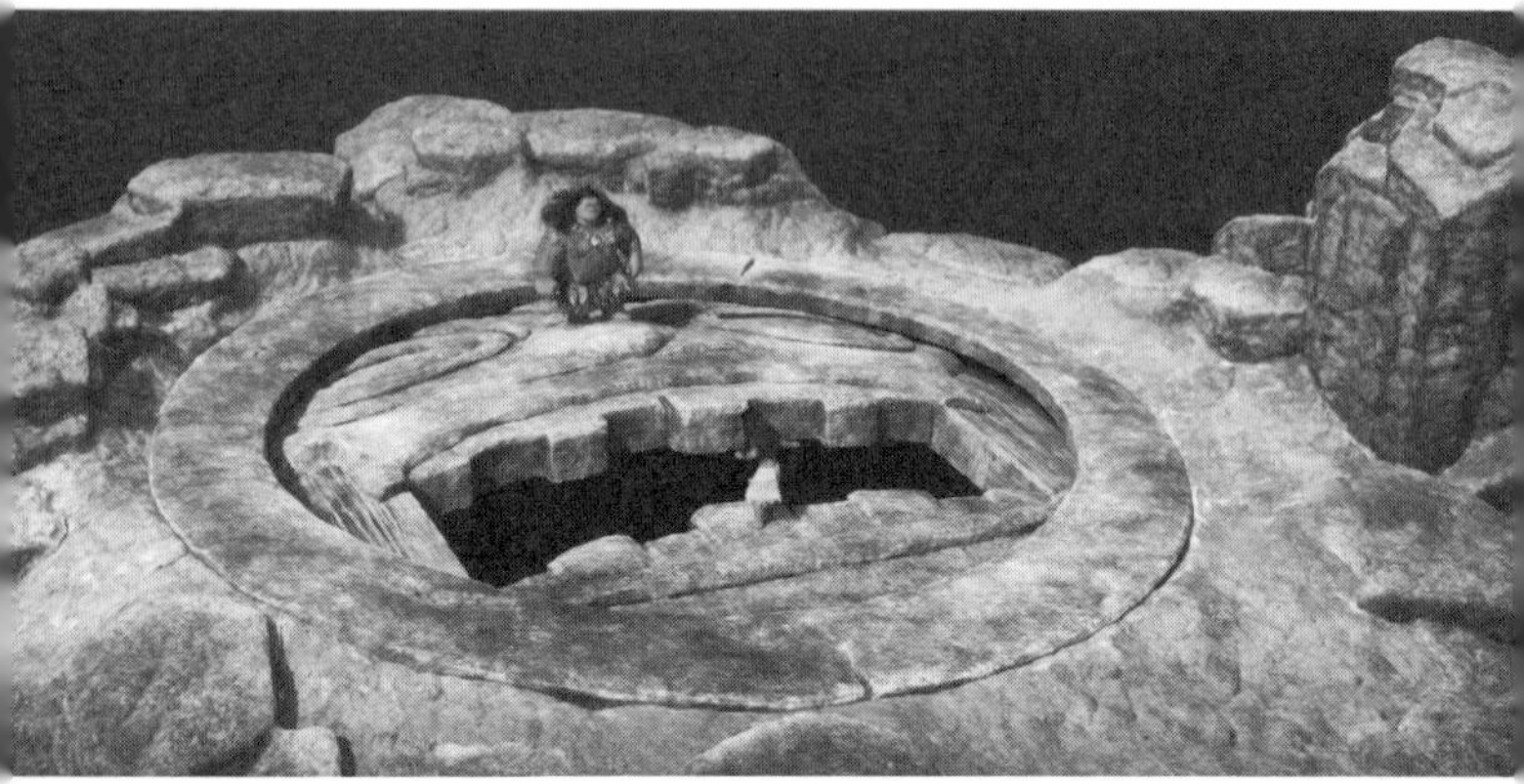

ワーッと舞《ま》いあがり、その下《した》にあるものが見《み》えた。頂《いただき》の中央《ちゅうおう》に、巨大《きょだい》な円形《えんけい》のたいらな石《いし》があり、目《め》のようなものと、歯《は》のようなぎざぎざが彫《ほ》られている。

マウイはリズミカルに足《あし》をふみならしながら、大声《おおごえ》で戦士《せんし》の雄《お》たけびをあげた。それからとびあがり、地面《じめん》にどすんとおりた。地面《じめん》がゆれ、歯《は》のような部分《ぶぶん》が、すべるようにぱくりとあいた。まるで口《くち》みたいだ。モアナはそのさけ目《め》に近《ちか》づくと、中《なか》をのぞいた。はるか下《した》で、海水《かいすい》が奇妙《きみょう》なうずをまいている。

「心配《しんぱい》いらない。見《み》かけよりずっと深《ふか》いから。」

マウイはひざをかかえて、さけ目《め》にとびこんだ。大声《おおごえ》でほえながら。やがて、下《した》からマウイの声《こえ》がひびいてきた。

「まだ底《そこ》につかないぜ！」

モアナは、さけ目《め》から下《した》を見《み》た。落下《らっか》していくマウイが見《み》える。そのすがたが、しだいに豆粒《まめつぶ》のようになっていく。

「わたしにだって、できるはずよ。」

モアナは自分《じぶん》にいいきかせた。

「さあ、行《い》くのよ！」

よけいなことを考《かんが》えずに、モアナもとびこんだ。そのすぐあと、さけ目《め》が音《おと》をたてとじた。

マウイは長《なが》いこと落《お》ちたあと、ついに海水《かいすい》にぶつかり、さらに深《ふか》く海中《かいちゅう》をもぐっていった。底《そこ》まで行《い》くと、頭上《ずじょう》で紫色《むらさきいろ》のうずがまいているのが見《み》える。神秘的《しんぴてき》な光景《こうけい》だ。底《そこ》には海水《かいすい》がなく、正体《しょうたい》の知《し》れない者《もの》たちのうなり声《ごえ》や、うめき声《ごえ》がとどろいている。

「魔物《まもの》たちの国《くに》の天井《てんじょう》をつきやぶって、中《なか》に入《はい》ったぞ！」

マウイは、ほこらしげにさけんだ。あの娘《むすめ》も、さすがにここまでは来《こ》られないだろう。

そのとき、ドッシーン！　頭《あたま》の上《うえ》に、とつぜんモアナが落《お》ちてきた。マウイにぶつかってはねとばされたモアナは、坂《さか》をころがり、奇妙《きみょう》な形《かたち》をして発光《はっこう》している木々《きぎ》や植物《しょくぶつ》の森《もり》につっこんでいった。

モアナは、自分《じぶん》のいる位置《いち》をたしかめようとしていた。が、体《からだ》が上下《じょうげ》さかさまの状態《じょうたい》だ。妙《みょう》な力《ちから》に、ゆっくりとひきあげられていくのを感《かん》じた。それから、理解《りかい》した……巨大《きょだい》な魔物《まもの》の舌《した》にくるまれているのだ！

魔物《まもの》は全身《ぜんしん》が緑色《みどりいろ》で、口《くち》が大《おお》きくさけ、ピンク色《いろ》のまるい目《め》がらんらんと光《ひか》っている。モアナは、自分《じぶん》がちっぽけなハエのような気《き》がしてきた。魔物《まもの》はゆっくりと、とがった歯《は》のならぶ口《くち》にモアナをはこぼうとしている。

食《た》べられてたまるもんですか！　モアナはぞっとして、体《からだ》をよじった。そこへ、もっと大《おお》きな魔物《まもの》――巨大《きょだい》な花《はな》の形《かたち》をしている――があらわれ、緑色《みどりいろ》の魔物《まもの》におそいかかり、ひと口《くち》でたいらげた。さいわいなことに、モアナはあらたな魔物《まもの》にはとどかない場所《ばしょ》に落《お》ちていた。が、ちぎれたぬるぬるの舌《した》にくるまれたままだ。

モアナは、なんとか舌《した》からのがれた。かくれ場所《ばしょ》をもとめて走《はし》り、青《あお》い光《ひかり》につつまれたうす暗《ぐら》い世界《せかい》にまよいこんだ。足《あし》もとには、見《み》たこともない植物《しょくぶつ》が発光《はっこう》してかがやいている。巨大《きょだい》なコウモリに似《に》た怪物《かいぶつ》や、ぶきみな魔物《まもの》に追《お》われて、モアナは逃《に》げまどった。

「マウイ?」

モアナは、せっぱつまってささやいた。彼《かれ》はどこに行《い》ってしまったの?

「マウイ?」

おちついて、おちつくのよ。モアナは自分《じぶん》にいいきかせ、あたりを見《み》た。横《よこ》に巨《きょ》大《だい》な洞穴《ほらあな》があった。中《なか》をのぞくと、なにかが見《み》える。

マウイの釣《つ》り針《ばり》だ。まちがいない! かがやく黄金《おうごん》と宝石《ほうせき》の山《やま》のあいだにささっている。

モアナの背後《はいご》にマウイがあらわれ、おなじように巨大《きょだい》な釣《つ》り針《ばり》を見《み》つめている。

「ハアアアアア!」

マウイは釣《つ》り針《ばり》をとりもどしたくて、雄《お》たけびをあげた。うれしすぎて、ことばにならないようだ。むりもない。千年《ねん》ものむかしに、うばわれたままだったのだから。

「あなたの釣《つ》り針《ばり》を見《み》つけたわ。よかった——。」

マウイはモアナをつまみあげ、洞穴《ほらあな》の横《よこ》におろした。

「ここでじっとしていろ。しずかにしてるんだぞ。」

「どうして？」

自分《じぶん》もついていきたくて、モアナは口《くち》をとがらせた。

「タマトアと顔《かお》を合《あ》わす勇気《ゆうき》があるか？」

マウイは両《りょう》のまゆをつりあげた。

「おれは千年《ねん》ものあいだ、釣《つ》り針《ばり》をとりもどす日《ひ》を待《ま》っていた。人間《にんげん》にじゃまされたくないんだ。そうでなくとも、たいへんなのに。人間《にんげん》は、魔物《まもの》の洞穴《ほらあな》に入《はい》ってはいけない。例外《れいがい》は……。」

あることを思《おも》いついて、マウイの声《こえ》はしりすぼみになった。目《め》が、かがやく。

「おとりになるなら話《はなし》はべつだが。」

おとりだなんて、ごめんよ！　モアナは抗議《こうぎ》しようとしたが、マウイに背中《せなか》をおされた。

しかたない。あたりにちらばっている、きらきらしたものや貝《かい》がらで全身《ぜんしん》をかざりたてると、宝《たから》ものでいっぱいのかくれ家《が》をすすんだ。黄金《おうごん》にぶつかるたびに、シンバルのような大《おお》きな音《おと》がひびいた。さまざまな宝石《ほうせき》や宝《たから》が、あちこちにまきちらされている。

モアナは深呼吸《しんこきゅう》をして、自分《じぶん》の役《やく》を演《えん》じる心《こころ》がまえをした。

「まあ！　宝《たから》ものがいっぱい！」

おおげさに、さけんでみせた。

「もっと大声《おおごえ》で。」

黄金《おうごん》の山《やま》のかげから、マウイがささやいた。

「黄金《おうごん》、黄金《おうごん》！」

モアナはさらに大《おお》きな声《こえ》をあげた。

「わたしは黄金《おうごん》が大好《だいす》き！」

モアナは、かくれ家《が》を歩《ある》きまわった。宝石《ほうせき》につまずきながら、できるだけそうぞうしい音《おと》をたてて。

マウイはかげにかくれたまま、モアナにささやいた。

「やつがあらわれたら、気《き》をそらせるんだ。自分《じぶん》について語《かた》らせろ。そういうタイプっているだろ？　自分《じぶん》がいかに偉大《いだい》か、じまんするのが好《す》きなやつだ。」

「あなたと気《き》が合《あ》いそうね。」

モアナは皮肉《ひにく》まじりにいった。じまん好《ず》きなのは、マウイもおなじだ。けれどその皮肉《ひにく》も、マウイにはつうじなかった。

「あいつのことを教《おし》えておく。脚《あし》がたくさんあるんだ。」

「脚《あし》が？」

モアナはおちつかなくなった。脚《あし》がたくさんあるって、どんな魔物《まもの》？

「何本《なんぼん》くらいあるの？　マウイ？　マウイ？」

けれど、マウイはいなかった。ふいに、モアナのうしろにある宝《たから》の山《やま》がもちあがった。モアナはぞっとして、身《み》をすくめた。

12　カニの魔物《まもの》タマトア

「やあ。」

どこからか声《こえ》がきこえた。なんとなく、あやしげな声《こえ》だ。

モアナの足《あし》もとの地面《じめん》がゆれた。ふりむくと、巨大《きょだい》なカニの魔物《まもの》がこちらを見《み》ている！　小山《こやま》のような甲羅《こうら》の上《うえ》で、黄金《おうごん》や宝石《ほうせき》がきらきらかがやいていて、目《め》がくらみそうだ。

これがタマトアね！

モアナはカニのはさみにつかまれ、気味《きみ》のわるい顔《かお》の前《まえ》で宙《ちゅう》づりにされた。

「キャー！」

思《おも》わず悲鳴《ひめい》をあげた。だが、タマトアは脚《あし》の一本《ぽん》でモアナの口《くち》をふさぎ、耳《みみ》ざわりな声《こえ》でつげた。

「しずかにしろ！　魔物《まもの》の国《くに》に、ちっぽけな人間《にんげん》が来《く》るとは。」

タマトアのつきでた目《め》が、あらゆる角度《かくど》からモアナをじろじろ見《み》る。モアナはぞっとした。気《き》をうしなわないでいるのが、せいいっぱいだ。

「そもそも、ここでなにをしてるんだ、人間《にんげん》が？」

タマトアはモアナの体《からだ》をひっくりかえし、さらにぎゅっとつかみなおした。モアナの目《め》に、マウイがうつった。甲羅《こうら》の宝《たから》の山《やま》にささっている釣《つ》り針《ばり》をうばおうとして、タマトアの背中《せなか》にしのびよっている。マウイは身《み》ぶりでモアナにつたえた。

そうだった。タマトアに自分語《じぶんがた》りをさせる計画《けいかく》だった。でも、ほんとうにそれでうまくいくの？

「ええと……すてきな甲羅《こうら》ね。」

モアナはしかたなく口《くち》にした。とにかく、話《はなし》をさせなければ。

「みんな、そういう。みごとだとね。」

タマトアは得意《とくい》げにいった。

「だが、おまえはまだ、わしの質問《しつもん》に答《こた》えてないぞ。」

タマトアは、ぎざぎざしたはさみでモアナをつついた。タマトアのうしろでは、マウイが少《すこ》しずつ前《まえ》にすすんでいる。タマトアのすぐ近《ちか》くまで。

「どうして、ここにおるのだ？」

タマトアはするどくたずねた。ふとその目《め》が、モアナの胸《むな》もとのネックレスにすいよせられた。そして、はさみの先《さき》でネックレスをいじった。

「よして。これは、おばあちゃんのものよ。」

モアナは両手《りょうて》で、タマトアのはさみをぴしゃりとたたいた。

「おばあちゃん？　わしは、自分《じぶん》のじいさん、ばあさんを食《く》っちまったがね。どうして、ここにおるんだ？」

タマトアは声《こえ》を強《つよ》め、モアナをさらにひきよせた。モアナはひるんだ。

「あなたに会《あ》うためよ！」

モアナは口《くち》にした。

「あなたは人間《にんげん》の世界《せかい》では有名《ゆうめい》な、伝説《でんせつ》のカニよ。ほんと、みごとな甲羅《こうら》……。」

なんといったらいいのかしら？　モアナはまよった。

「正直《しょうじき》いって、知《し》りたいの。どうしたら、そんなに美《うつく》しくなれるのか。」

タマトアは、うたがわしそうにモアナを見《み》た。

「わしに自分《じぶん》のことを話《はな》してほしいのか？」

タマトアは、ぶきみな笑《え》みをうかべた。

「そういうことなら、よろこんで話《はな》してやるよ。」

カニの魔物《まもの》は、自分《じぶん》の甲羅《こうら》がなぜ美《うつく》しいのか、得意《とくい》げに話《はな》しだした。すぐうしろにマウイがせまっていることも知《し》らずに。タマトアは得々《とくとく》として話《はなし》をつづけた。自《じ》分自身《ぶんじしん》のことや、きらきらかがやくものが好《す》きなことなどを。

なぜ、甲羅《こうら》を黄金《おうごん》や宝石《ほうせき》でかざっているのか。それは、魚《さかな》が光《ひかり》にひきよせられてくるからだ、と。魚《さかな》たちはタマトアの甲羅《こうら》に目《め》をうばわれ、ふらふらと泳《およ》いできて魔物《まもの》の国《くに》に入《はい》りこみ、タマトアのえじきとなってしまうのだという。

タマトアはモアナの体《からだ》を高々《たかだか》ともちあげると、ものほしそうにじろじろ見《み》た。すでに空腹《くうふく》だったのだ。

モアナは恐怖《きょうふ》にかられた。マウイ、早《はや》くたすけて！　マウイが甲羅《こうら》によじのぼり、釣《つ》り針《ばり》に手《て》をのばそうとしているのが見《み》える。

タマトアがあんぐりと口《くち》をあけ、モアナをのみこもうとしたその瞬間《しゅんかん》、マウイが釣《つ》り針《ばり》をつかんで、甲羅《こうら》の山《やま》からぐいっとひきぬいた。マウイは、タマトアの口《くち》からモアナをひったくってたすけると、スーパーヒーローのようなポーズをとった。

「これで、おまえは安全《あんぜん》だ。」

モアナはそのことばにほほえんだが、マウイが自分《じぶん》の釣《つ》り針《ばり》にむけていったのだとわかると、笑《え》みが消《き》えた。

「どうしたらいい、小《ちい》さな相棒《あいぼう》？」

マウイは、ミニ・マウイに答《こた》えをもとめた。ミニ・マウイはタカにすがたを変《か》えた。

「巨大《きょだい》なタカに変身《へんしん》するのか？　まかせとけ！」

マウイは勝《か》ちほこったようすで、釣《つ》り針《ばり》を頭上《ずじょう》にかざした。釣《つ》り針《ばり》はまばゆい光《ひかり》をはなち、マウイはすがたを変《か》えた……小《ちい》さな魚《さかな》に。おかしいな、タカになるはずなのに？　マウイは首《くび》をひねり、もう一度《ど》、変身《へんしん》をこころみた。が、虫《むし》になったりブタになったり、どうしてもうまくいかない。マウイはいらだった。

そんなマウイのようすを見《み》て、タマトアはせせら笑《わら》った。もとのすがたにもどったマウイに近《ちか》づくと、その巨大《きょだい》な脚《あし》でけった。マウイは洞穴《ほらあな》のはしまですっとんでいった。マウイが立《た》ちあがると、タマトアはまたけった。

「やめて!」

モアナはさけんだ。

タマトアはふりむいた。モアナのことを、すっかりわすれていた。が、いまはマウイをたおすほうが先《さき》だ。タマトアはじゃまなモアナをつまみあげ、クジラと魚《さかな》の骨《ほね》でできたおりにほうりこむと、マウイへの攻撃《こうげき》をつづけた。そのすきに、モアナは必死《ひっし》に骨《ほね》のすきまをおしひろげて、おりの外《そと》にはいだした。

どうしたらいい? モアナは周囲《しゅうい》を見《み》た。洞穴《ほらあな》のかべに、さけ目《め》がある。あそこから外《そと》に出《で》られそうだ。マウイに目《め》をやると、タマトアに一方的《いっぽうてき》にやっつけられている。だめ、マウイを見《み》すてていくなんて、そんなことはできないわ。

マウイをついたり、おしたりしながら、タマトアは自分《じぶん》がいかにぴかぴかしたものが好《す》きか、語《かた》りつづけている。マウイの釣《つ》り針《ばり》をつかむと、甲羅《こうら》の宝《たから》もののあいだにふたたびさしこんだ。それから、マウイをおしたおした。

マウイは、あらんかぎりの力《ちから》でタマトアをおしもどそうとした。が、カニの魔物《まもの》の力《ちから》の前《まえ》には、なすすべがない。

タマトアはいじわるく笑《わら》い、マウイを洞穴《ほらあな》のかべにほうり投《な》げ、はさみでつまんだ。マウイにとどめをさそうとしたそのとき、モアナの声《こえ》がひびいた。

「あなたにぴったりの、きらきらしたものをもってるわ！」

モアナは青緑色《あおみどりいろ》にかがやく石《いし》をかかげ、タマトアの注意《ちゅうい》をひいた。

「なんと、テ・フィティの〈心《こころ》〉じゃないか。」

タマトアは目《め》をみはり、うっとりといった。モアナは石《いし》をつかんだまま逃《に》げた。宝《たから》をのがしてたまるか！　タマトアはマウイをほうりだし、モアナのあとを追《お》いかけた。マウイはぽかんとした顔《かお》で、タマトアがモアナに追《お》いつくのを見《み》ていた。

モアナはつまずき、ころんだ。そのひょうしに、手《て》から石《いし》がこぼれた。石《いし》はころころところがり、地面《じめん》のわれ目《め》に落《お》ちてしまった！

タマトアがわれ目《め》に突進《とっしん》し、石《いし》をとろうと、やっきになっているすきに、モアナは甲羅《こうら》から重《おも》い釣《つ》り針《ばり》をひっこぬき、マウイのもとにひきずっていった。

「行《い》かなくちゃ！」

モアナはうながした。タマトアはまだ、われ目《め》にはさみをつっこみ、夢中《むちゅう》で掘《ほ》りかえそうとしている。

「でも、テ・フィティの〈心《こころ》〉が……。」

マウイがためらった。

「あの魔物《まもの》にくれてやればいいわ。」

モアナはささやいた。そして、ネックレスの貝《かい》がらにしまってある本物《ほんもの》の石《いし》を見《み》せた。

「ほら、もっといいものをもってるから。」

そのときだった。タマトアは、ようやく石《いし》をひっぱりだした……だがそれは、古《ふる》くてきたないフジツボだった。緑色《みどりいろ》に光《ひか》る海草《かいそう》におおわれていたので、気《き》づかなかったのだ。

よくもだましたな！　タマトアは、かんかんになっておこった。

「いそいで！　逃《に》げるのよ！」

モアナはさけんで走《はし》りだした。怒《いか》りにもえるタマトアが、ふたりを追《お》いかけてくる。

タマトアがはさみをふりあげた。モアナはすばやく身《み》をかがめる。その頭《あたま》をかすめて、するどいはさみの先《さき》が、かべにぐさっとくいこんだ。

モアナは夢中《むちゅう》でマウイの手《て》をひいて、洞穴《ほらあな》から出《で》た。マウイは釣《つ》り針《ばり》をつかみ、魚《さかな》にすがたを変《か》えた。モアナはその魚《さかな》を手《て》にとり、走《はし》りつづけた。

だが、マウイはモアナの手《て》から落《お》ち、もとの巨大《きょだい》な半神半人《はんしんはんじん》のすがたにもどった。すぐ背後《はいご》にタマトアがせまり、いまにもおそいかかろうとしている。

モアナはマウイをひっぱって、シューシュー湯《ゆ》のふきでる穴《あな》のふちにならんで立《た》った。湯《ゆ》がふきだし、間一髪《かんいっぱつ》で、タマトアの手《て》のとどかないところにふたりの体《からだ》をふきとばした。

湯《ゆ》のいきおいにあおられて、タマトアはあおむけにひっくりかえり、カメのように、その場《ば》で身《み》うごきできなくなった。なすすべもなく、じたばたしているうちに、背中《せなか》の黄金《おうごん》や宝石《ほうせき》がはずれ、あたり一面《いちめん》にまきちらされた。

「やった!」

モアナがさけんだ。ふきあがる湯《ゆ》の力《ちから》で、ふたりは魔物《まもの》の国《くに》の天井《てんじょう》をつきぬけ、海《うみ》にもどっていった。

13 マウイの過去《かこ》

舟《ふね》で海《うみ》を逃《に》げていくあいだ、マウイはさまざまなものにすがたを変《か》える練習《れんしゅう》をつづけていた。やがて舟《ふね》は、べつの島《しま》の浅瀬《あさせ》にのりあげた。

「わおおお！」

マウイが、勝《か》ちほこったようすでさけんだ。

「おれたちは生《い》きてる。生《い》きてるぞ！」

モアナはマウイにむきなおった。その目《め》がまるくなる。マウイの上半身《じょうはんしん》が巨大《きょだい》な魚《さかな》に変《か》わっているではないか。見《み》たことのない魚《さかな》だ。

マウイが、まじめな口調《くちょう》でいった。

「あんたがあそこでしてくれたことには感謝《かんしゃ》してる。あんたには根性《こんじょう》がある。」

モアナは、ぽかんとした顔《かお》でうなずいた。

「おいおい、おれはめずらしくまじめに話《はな》そうとしてるんだぞ。そんな顔《かお》で見《み》るなよ。サメでも見《み》るような目《め》で。」

「その頭《あたま》はサメなの？　わたし、サメなんて見《み》たことなくて――。」

モアナはようやく納得《なっとく》した。

「いいか、たしかにあんたは、りっぱにやってくれた。海《うみ》の底《そこ》に行《い》く理由《りゆう》もないのに、たすけてくれた。……けど、もう少《すこ》しで死《し》ぬとこだったんだぞ……。それにおれは、あのくそいまいましいタマトアをやっつけることさえできなかった。」

「そんなことないわ。」

「おまけに、サメの頭《あたま》になっちまった。のろわれてるんだ。」

「のろわれてなんかいないったら。」

モアナはマウイの釣《つ》り針《ばり》をひきずり、彼《かれ》の足《あし》もとにおいた。釣《つ》り針《ばり》が光《ひか》り、マウイはすばやく半神半人《はんしんはんじん》のすがたにもどった。モアナはにっこりした。が、マウイはコントロールがきかなくなったらしく、次々《つぎつぎ》とさまざまな動物《どうぶつ》に変身《へんしん》していく。

ブタから魚《さかな》へ、さらに虫《むし》からクジラへと、一瞬《いっしゅん》のうちに、めまぐるしくすがたが変《か》わる。ついに変身《へんしん》がとまり、上半身《じょうはんしん》はもとにもどったが、今度《こんど》は下半身《かはんしん》がサメになった。

「のろわれてるんだ。」

マウイはため息《いき》をついて、くりかえした。千年《ねん》ものあいだ釣《つ》り針《ばり》とはなれていたため、変身《へんしん》のかんがにぶってしまったのだろうか？

しばらくして、半神半人《はんしんはんじん》にもどったマウイはモアナと船上《せんじょう》にいた。うちのめされた気分《きぶん》のマウイは、長髪《ちょうはつ》をぐるぐるまきにして頭《あたま》のてっぺんでゆわえていた。むっつりした顔《かお》で、あおむけになっている。

モアナはネックレスの中《なか》のテ・フィティの〈心《こころ》〉の石《いし》を見《み》ながら、次《つぎ》にどうすべきかを考《かんが》えていた。

マウイは、すっかりやる気《き》をなくしていた。

「今日《きょう》は、おれたちの最後《さいご》の日《ひ》だ。テ・カァに殺《ころ》される。殺《ころ》されるんだ。」

マウイのすさんだ気持《きも》ちにこれ以上《いじょう》つきあえず、モアナはオールでマウイのわき腹《ばら》をこづいた。

「さあ、休憩時間《きゅうけいじかん》は終《お》わりよ。起《お》きて。」

「なんでだ？　おれに説教《せっきょう》する気《き》か？　おれはテ・カァを打《う》ち負《ま》かすことができる。なぜなら、おれはマウイだから。そういいたいのか？」

その態度《たいど》にミニ・マウイが腹《はら》を立《た》て、顔《かお》をしかめて足《あし》をふみならした。

「うせろ。」

マウイは小《ちい》さなタトゥーをしかり、肩《かた》の上《うえ》にはじきとばした。モアナは、女《おんな》の人《ひと》が赤《あか》んぼうをだいているタトゥーに気《き》づいた。

「体《からだ》のタトゥーは、彫《ほ》ったの？」

「おれが一人前《いちにんまえ》の半神半人《はんしんはんじん》になったとき、しぜんに体《からだ》にあらわれたのさ。」

「その女《おんな》の人《ひと》のタトゥーは、どういう意味《いみ》？」

マウイはなにもいわず、舟《ふね》の反対側《はんたいがわ》に歩《ある》いていった。モアナはそんなマウイを見《み》つめていた。

「話《はなし》をしたくないなら、しないでおきましょう。」

なんとかして会話《かいわ》の糸口《いとぐち》を見《み》つけたくて、わざとそういった。マウイはモアナに背《せ》をむけて腰《こし》をおろした。

「わたしを舟《ふね》から追《お》いはらいたいのね。わたしが自分《じぶん》のしていることがわかっていないと、いいたいのね？　そのとおり。なんで海《うみ》にえらばれたのか、自分《じぶん》でもふしぎなの。あなたは正《ただ》しい。でも、わたしはこうしてやってきた。島《しま》の命《いのち》が消《き》えかけているから。島《しま》の人《ひと》たちは、サンゴ礁《しょう》をこえたことさえない……それなのに、わたしはここにいる……あなたがしたことのせいで。それに、あなたをたすけたいの。もっとも、あなたが心《こころ》をひらいてくれないなら、むりだけど。」

モアナはマウイを見《み》た。むっつりとおしだまったまま、無視《むし》している。が、やがて語《かた》りだした。

「おれは、生《う》まれたときから半神《はんしん》だったわけじゃない……。」

モアナは耳《みみ》をかたむけた。マウイはふりかえり、モアナに顔《かお》をむけた。

「おれは人間《にんげん》として生《う》まれた。両親《りょうしん》は人間《にんげん》だったんだ。両親《りょうしん》はおれをひと目見《めみ》るなり、決《き》めた……おれをほしくないと。そして、おれを海《うみ》にほうり投《な》げたんだ。赤《あか》んぼうだったおれを。ごみかなんかのように。」

モアナは彼《かれ》のタトゥーを見《み》た。そして理解《りかい》した。女《おんな》の人《ひと》は、マウイの母親《ははおや》だったのだ。息子《むすこ》をすてた母《はは》……。

「どういうわけか、おれは神《かみ》に見出《みいだ》された。神《かみ》は、おれに釣《つ》り針《ばり》をくれた。」

船《ふな》べりにおいてある釣《つ》り針《ばり》を、マウイは手《て》でしめした。

「神《かみ》が、おれをマウイにした。そして人間《にんげん》の社会《しゃかい》にもどした。おれは人間《にんげん》に島《しま》をやった。火《ひ》を。ココナッツを。やつらがほしがるものは、なんでもくれてやった。」

マウイは海《うみ》に目《め》をやった。思《おも》い出《で》にひたっているようだ。

「おれはマウイだ……偉大《いだい》なマウイ。人間《にんげん》に愛《あい》してもらえると思《おも》って、テ・フィティの〈心《こころ》〉をぬすんだ。でも、愛《あい》してもらえなかった。」

マウイはモアナを見《み》た。その目《め》が深《ふか》い悲《かな》しみにつつまれていることに、モアナは気《き》づいた。

モアナは、マウイが海《うみ》にほうり投《な》げられる絵《え》のタトゥーを見《み》た。

「おそらく、神《かみ》があなたを見出《みいだ》したのには理由《りゆう》があったのよ。」

と、おだやかにいった。

「海《うみ》が、あなたを神《かみ》のもとにつれていった。なぜなら、あなたは救《すく》うに値《あたい》する人《ひと》だったから。」

モアナはうねる海《うみ》を見《み》つめ、マウイをふりかえった。

「あなたをマウイにしたのは、神《かみ》じゃない。あなた自身《じしん》よ。」

マウイはモアナのことばをききながした。つとめて自分《じぶん》の感情《かんじょう》をおしかくそうとしている。自分自身《じぶんじしん》のことをあからさまに話《はな》したことに、気《き》づまりを感《かん》じていたのだ。が、なにかをふりきったような表情《ひょうじょう》でモアナを見《み》つめ、さばさばといった。

「オーケイ、これですっきりした。仕事《しごと》にかかるとしよう。」

モアナとミニ・マウイは彼《かれ》に手《て》をかして、すがたを変《か》える練習《れんしゅう》にもどった。マウイは釣《つ》り針《ばり》をつかってけんめいに練習《れんしゅう》し、より強《つよ》くなっていった。じきに、変身《へんしん》パワーをコントロールできるようになった。これで、望《のぞ》みどおりのものにすがたを変《か》えられる。

それから、マウイはオールをとり、モアナにさしだした。時《とき》が来《き》たのだ。航海術《こうかいじゅつ》をモアナに教《おし》える時《とき》が。モアナが自分《じぶん》で針路《しんろ》をさだめられるように。

モアナはびっくりし、ためらった。が、にっこり笑《わら》い、オールをうけとった。マウイにみとめてもらえたことが、うれしかった。

14　大地《だいち》と炎《ほのお》の悪魔《あくま》テ・カァ

マウイは空《そら》に手《て》をのばし、星座《せいざ》を読《よ》んだ。モアナもまねして、自分《じぶん》の手《て》をあげた。そうじゃない、それじゃ針路《しんろ》を正《ただ》しく読《よ》めない――マウイは、モアナのうでの位置《いち》を正《ただ》した。

マウイからほんの少《すこ》し教《おそ》わっただけで、モアナは星座《せいざ》と月《つき》をつかって航海《こうかい》するこつをつかんだ。マウイは彼女《かのじょ》の覚《おぼ》えのよさに感心《かんしん》した。この分《ぶん》なら、いい航海士《こうかいし》になれそうだ。

やがて夜《よ》が明《あ》け、水平線《すいへいせん》が朝日《あさひ》で赤《あか》くそまった。

　マウイは舟《ふね》の帆柱《ほばしら》の上《うえ》にすわったまま、朝《あさ》もやのむこうにひろがる海《うみ》を見《み》ていた。モアナに目《め》をやると、りっぱに舟《ふね》をあやつっている。よしよしとうなずくと、マウイはふたたび海《うみ》を見《み》やった。なにやら考《かんが》えにふけりながら。そうして舟《ふね》の甲板《かんぱん》にとびおりた。ドスンという大《おお》きな音《おと》とともに、舟《ふね》がゆれた。
「やっとわかったよ。」
「なにが？」
「そのむかし、おれが島《しま》をつりあげると、海《うみ》はよろこんだ。あんたたちの先祖《せんぞ》は海《うみ》をわたって、あたらしい島《しま》を見《み》つけ、あたらしい土地《とち》にあたらしい村《むら》をつくった。そんなふうに、島《しま》と人《ひと》を海《うみ》がむすびつけたんだ。もしおれが海《うみ》だったら――もう一度《ど》、島《しま》を見《み》つけるためにだれかをえらぶとしたら、あんたにするだろうな。」

「あなたの口《くち》から、そんなすてきなことをきくなんて。でも、そのことばは、ぶじテ・フィティのもとにつくまで、とっておくべきじゃない？」

モアナはおどけていった。

「ついたよ。」

マウイは腕《うで》をのばし、指《ゆび》さした。もやが晴《は》れてくると、遠《とお》くになにかが見《み》えてきた。うねる波《なみ》のむこうに、海中《かいちゅう》からつきでた島《しま》のりんかくがくっきり見《み》える。テ・フィティをまもる島々《しまじま》だ。偉大《いだい》な女神《めがみ》、母《はは》なる島《しま》のテ・フィティは、周囲《しゅうい》を小《ちい》さな島《しま》にまもられているのだ。

ついに、テ・フィティまでたどりついた。モアナは信《しん》じられなかった。

「モトゥヌイのモアナ。そなたは、マウイに大海原《おおうなばら》をわたらせた。」

マウイはおごそかにいうと、ミニ・マウイを見《み》た。

「喝采《かっさい》をあげろ。」

ミニ・マウイはいわれたとおりにした。ほかのタトゥーも、マウイのほえる声《こえ》に合《あ》わせて、ぴょこぴょこはねた。

「モアナ！　モアナ！　モアナ！　あんたはすごい人《ひと》だ。」

モアナはくすくす笑《わら》った。ふたりは見《み》つめあった。はるばる遠《とお》くまでやってきたことに、満足《まんぞく》とほこりを感《かん》じて。

「いよいよだ。」

マウイはいい、片手《かたて》をモアナにさしのべた。

モアナはネックレスから、テ・フィティの石《いし》をはずした。

そのとき、耳《みみ》をつんざくような音《おと》がとどろき、テ・フィティをかこむ島々《しまじま》から、煙《けむり》と灰《はい》の黒《くろ》い雲《くも》がもくもくとわきあがった。

モアナは石《いし》をマウイにわたし、つげた。

「行《い》って。世界《せかい》を救《すく》ってちょうだい。」

マウイは石《いし》と、神《かみ》の釣《つ》り針《ばり》を手《て》にした。そしてタカに変身《へんしん》した。力強《ちからづよ》く羽《は》ばたきながら、女神《めがみ》の島《しま》へと飛《と》んでいった。

黒《くろ》い灰《はい》の雲《くも》に近《ちか》づくと、その中《なか》から敵《てき》があらわれた。大地《だいち》と炎《ほのお》の悪魔《あくま》、テ・カァだ。人間《にんげん》のようなすがたをした真《ま》っ赤《か》な溶岩《ようがん》の魔物《まもの》は、怒《いか》りにもえてさけんだ。

もともと山《やま》のように大《おお》きいのに、テ・カァはうごきながらさらに大《おお》きくなり、空《そら》にとどくほどになった。溶岩《ようがん》のしたたる半身《はんしん》が、島々《しまじま》の上《うえ》にそそり立《た》つ。その光景《こうけい》は、ぞっとするようなものだった。

ウオー！　さけびながら、テ・カァは溶岩《ようがん》の玉《たま》を投《な》げた。

さすがのマウイも、これには手《て》も足《あし》も出《で》ないようだった。

「マウイ……。」

モアナは心配《しんぱい》で胸《むね》がつまった。

マウイがなにもできないでいるうちに、テ・カァになぐられ、パワーが自由《じゆう》にあやつれなくなった。マウイはそれにさからうように、さらに高《たか》く飛《と》んだ。が、そびえたつテ・カァに強《つよ》く打《う》たれ、空《そら》から落《お》ちてしまった。

「そんな！」

モアナは息《いき》をのんだ。

マウイはまっすぐ海《うみ》に落《お》ちた。バッサーン！　大《おお》きな水《みず》しぶきがあがる。モアナはその場所《ばしょ》まで舟《ふね》を走《はし》らせ、タカのすがたのマウイをすくいあげた。

次《つぎ》にモアナはオールをこぎ、テ・フィティの島《しま》をかこむ島々《しまじま》のすきまに舟《ふね》をむけた。

「な、なにをしてるんだ？」

半神《はんしん》にもどったマウイが、困惑《こんわく》してたずねた。
「もっとべつの入《い》り口《ぐち》を見《み》つけるのよ！」
モアナは猛《もう》スピードで舟《ふね》を走《はし》らせ、島《しま》と島《しま》のすきまをつきぬけようとした。が、
テ・カァのうごきはすばやい。
「むりだ！」
マウイはオールをモアナからうばった。舟《ふね》をU《ユー》ターンさせるためだ。
「ひきかえすんだ！　とまれ！　モアナ、とまれ！」
マウイはさけんだ。が、モアナの気持《きも》ちは変《か》わらなかった。自分《じぶん》たちの使命《しめい》を果《は》
たすためには、あきらめるものですか！
テ・カァが身《み》をのりだし、舟《ふね》にせまる。マウイはとっさに、オールでモアナをつ
きとばした。だが、おそすぎた。真《ま》っ赤《か》なこぶしがモアナに打《う》ちかかろうとしたと
き、マウイは釣《つ》り針《ばり》を空中《くうちゅう》に高《たか》くかかげ、こぶしをふせいだ。

テ・カァがマウイの釣《つ》り針《ばり》をたたくと、大《おお》きな波《なみ》のうねりが、モアナとマウイを遠《とお》くにはじきとばした。テ・カァは波《なみ》のてっぺんに突進《とっしん》し、ふたりに近《ちか》づこうとしたが、むりだった。巨大《きょだい》な波《なみ》が次《つぎ》から次《つぎ》へとおしよせ、モアナとマウイは、暗《くら》やみにおしながされていった。

15　モアナの孤独《こどく》

ようやく海《うみ》がおだやかになると、モアナは立《た》ちあがり、舟《ふね》の状態《じょうたい》を見《み》た。かなりぼろぼろだ。帆《ほ》はやぶれ、船体《せんたい》の両《りょう》わきにはひびが入《はい》っていた。

わたしのせいだわ……マウイのいうことをきいておけば、こんなことにはならなかったのに。マウイはどこにいるの？　あたりを見《み》た。

いた！　最悪《さいあく》のことを想像《そうぞう》していたので、心《こころ》からほっとした。ああ、よかった。

「マウイ！　だいじょうぶだったのね！」

マウイがゆっくりふりかえった。釣《つ》り針《ばり》のはしからはしまで、深《ふか》くわれ目《め》が走《はし》っている。さらに、黒《くろ》くこげて少《すこ》し欠《か》けている。それを見《み》て、モアナの心《こころ》は痛《いた》んだ。

「ひきかえせといったのに。」

マウイがつぶやいた。

「マウイ……わたし……。」

なんといってあやまったらいいのだろう？　モアナはことばにつまった。

マウイはようやく、モアナに顔《かお》をむけた。彼《かれ》がどんなにきずついているか、その表情《ひょうじょう》を見《み》ればわかる。モアナは、こわれた釣《つ》り針《ばり》に目《め》を落《お》とした。

「ふたりで協力《きょうりょく》すれば、なおせるわ。」

「神《かみ》がつくった釣《つ》り針《ばり》なんだ。あんたになおせるものか！」

「この次《つぎ》は、もっと慎重《しんちょう》にやりましょう。テ・カァは溶岩《ようがん》だから海《うみ》に入《はい》れない。島《しま》からはなれられない。なにか方法《ほうほう》が見《み》つかるわ。」

マウイは、うたがうようなまなざしをモアナにむけ、きっぱりと口《くち》にした。

「おれはもどらない。」

「あなたには、〈心《こころ》〉を返《かえ》すという仕事《しごと》があるのよ。」

「釣《つ》り針《ばり》がこわれちまった。あと一回打《かいう》たれたら、もうおしまいだ。」

「マウイ、〈心《こころ》〉をもとにもどさないと。」

モアナは、あきらめるつもりはなかった。

「釣《つ》り針《ばり》がないと、おれはただの男《おとこ》でしかない。」

「マウイ――。」

「おれには釣《つ》り針《ばり》が必要《ひつよう》なんだ！」

マウイはどなった。モアナは息《いき》をのんだ。ことばもなく彼《かれ》を見《み》つめる。マウイは、テ・フィティの〈心《こころ》〉の石《いし》を舟《ふね》の上《うえ》に落《お》とした。

「マウイ……。わたしたちがここに来《き》たのは、そもそもあなたが〈心《こころ》〉をぬすんだからなのよ。」

「おれがここに来《き》たのは、人間《にんげん》にたすけをもとめられたからだ。そのつとめは果《は》たした。」

モアナはテ・フィティの〈心《こころ》〉をひろいあげ、マウイを見《み》た。

負《ま》けないわ。モアナはもう一度《ど》、宣言《せんげん》した。

「わたしはモトゥヌイのモアナ。あなたはわたしの舟《ふね》にのって——。」

「あばよ、モアナ。」

マウイはモアナのことばをさえぎった。それ以上《いじょう》きく気《き》にはなれなかったのだ。

「——海《うみ》をわたり——。」

「おれは死《し》ぬ気《き》はない。だから、あんたも——。」

「そして、テ・フィティの〈心《こころ》〉をもとにもどすのよ！」

モアナは青緑色《あおみどりいろ》の石《いし》をかかげ、マウイにむかってゆらしてみせた。

「海《うみ》がわたしをえらんだの！」

マウイは顔《かお》をそむけた。

「えらぶ相手《あいて》をまちがえたな。」

それから、いきなりタカに変身《へんしん》し、大《おお》きな羽《はね》をばたばたさせて空《そら》に飛《と》んでいった。

「マウイ？　マウイ！」

モアナはさけんだ。が、タカは暗《くら》い空《そら》に消《き》えていった。

モアナは、ひとりぼっちになってしまった。手《て》の中《なか》の〈心《こころ》〉の石《いし》を見《み》おろした。ひっかききずができ、灰《はい》にまみれている。指《ゆび》でふれると、さまざまな感情《かんじょう》があふれてきた。

すべてが終《お》わったなんて、信《しん》じられない。ここまではるばるやってきて、あんなにいっしょうけんめい努力《どりょく》したのに、失敗《しっぱい》してしまった。

頭上《ずじょう》では、星《ほし》がまたたいている。モアナは海《うみ》に目《め》をやった。海《うみ》は暗《くら》く、さざ波《なみ》がしずかにひろがっている。これまでの人生《じんせい》で、こんなにうちひしがれたことはなかった。波《なみ》まかせにゆれている舟《ふね》に立《た》ち、孤独《こどく》をかみしめた。

海《うみ》がゆっくりともりあがった。モアナは波《なみ》に問《と》いかけた。

「なぜ、わたしをここにつれてきたの？」

目《め》が涙《なみだ》でぬれている。

「マウイは行《い》ってしまった。海《うみ》よ、あなたは、まちがった人物《じんぶつ》をえらんだのよ。べつの人《ひと》をえらぶべきよ。わたしじゃないだれかをえらんで！」

モアナの声《こえ》は小《ちい》さくなった。

「おねがい……。」

月《つき》の光《ひかり》に照《て》らされ、波《なみ》がモアナに近《ちか》づいてきた。波《なみ》はモアナの心《こころ》をおしはかろうとしているのか、問《と》いかけるようにもりあがった。

そうしてモアナの顔《かお》を見《み》て、波《なみ》はモアナの手《て》の上《うえ》の石《いし》をそっとつつみこんだ。〈心《こころ》〉をうけとるように。

石《いし》が波間《なみま》にただよう。それから、ゆっくりしずんでいく。そして海《うみ》にのみこまれ、石《いし》は消《き》えていった。

モアナは、じっとうごかなかった。自分《じぶん》は失敗《しっぱい》したのだという思《おも》いで、ひざをついて泣《な》いた。涙《なみだ》にくれながら、石《いし》のなくなったネックレスを見《み》おろした。タラおばあちゃんのことを思《おも》った。ごめんなさい、おばあちゃん。ますます気分《きぶん》がめいった。

ふいに、水平線《すいへいせん》のかなたに一条《いちじょう》の光《ひかり》があらわれた。光《ひかり》は暗《くら》い海《うみ》をこえて、モアナのほうに近《ちか》づいてくる。そうして舟《ふね》の下《した》にもぐった。光《ひかり》の正体《しょうたい》はエイだった。

モアナが見《み》ていると、エイは巨大《きょだい》なひれをひらひらさせながら、舟《ふね》のまわりをまわっている。そして、ふいにすがたを消《け》した。

「おまえはサンゴ礁《しょう》をこえて、はるばる来《き》た。」

ききおぼえのある声《こえ》がした。モアナは声《こえ》の主《ぬし》を見《み》た。タラおばあちゃんだ。舟《ふね》のへさきにすわっている。

「おばあちゃん？」

「おまえもこっちに来《き》て、すわったらどうだい？」

「おばあちゃん！」

モアナはかけより、祖母《そぼ》のうでの中《なか》にたおれこんだ。

「努力《どりょく》はしたのよ、おばあちゃん、でも――でも、うまくいかなかった……。」

タラおばあちゃんは、モアナの涙《なみだ》をふいてやった。

「おまえのせいじゃないさ。あんな重荷《おもに》を負《お》わせるべきじゃなかったんだ。家《いえ》に帰《かえ》る気《き》なら……あたしもいっしょに行《い》こう。」

モアナはうなずき、オールに手《て》をのばしてもちあげた。が、こぎだそうとしたとき、手《て》をとめてオールをじっと見《み》つめた。ほんとうに、これでいいの？　どうしたらいいのか、自分《じぶん》でもわからなかった。

「なにをためらってる？」

タラおばあちゃんがたずねた。

「わからない。」

モアナの目《め》には、ふたたび涙《なみだ》があふれていた。自分《じぶん》でも途方《とほう》にくれていたのだ。内《うち》なる声《こえ》がきこえない。もし永遠《えいえん》にきこえなくなったら？　そう思《おも》うと、こわかった。

タラおばあちゃんが話《はな》しかけた。モアナはだまって耳《みみ》をかたむけながら、自分《じぶん》の家族《かぞく》や島《しま》のことを思《おも》った。モアナがもっとも愛《あい》するもののことを。これまで経験《けいけん》してきたことを一から思《おも》い出《だ》し、今回《こんかい》の旅《たび》で学《まな》んだことをじっくり考《かんが》えた。

マウイを見《み》つけたときのこと。星座《せいざ》を読《よ》み、針路《しんろ》をさだめる方法《ほうほう》を学《まな》んだこと。奇妙《きみょう》な地下《ちか》の世界《せかい》で、おそろしい魔物《まもの》と戦《たたか》ったこと……。

自分《じぶん》のそだった場所《ばしょ》の歴史《れきし》を思《おも》った。おそれを知《し》らない旅人《たびびと》だった先祖《せんぞ》たちのことを考《かんが》えた。大《おお》きな航海用《こうかいよう》の船《ふね》にのっている彼《かれ》らのイメージがあらわれ、モアナに旅《たび》をつづけるようはげました。

海《うみ》の中《なか》を見《み》つめた。あらゆることをじっくり考《かんが》えているうちに、ふたたび内《うち》なる声《こえ》がきこえてきた。最初《さいしょ》は小《ちい》さな声《こえ》だったが、熱心《ねっしん》に耳《みみ》をすますうちに、声《こえ》はしだいに大《おお》きく、力強《ちからづよ》くなってきた。

モアナは船《ふな》べりにもたれた。すると、青緑色《あおみどりいろ》の石《いし》が見《み》えた。波《なみ》のはるか下《した》、海底《かいてい》で光《ひかり》をはなっている。それを目《め》にしたとたん、モアナは自分《じぶん》が何者《なにもの》で、なにをすべきか悟《さと》った。

わたしは、海《うみ》にえらばれたんだ！

力《ちから》がわくのを感《かん》じ、モアナは船《ふな》べりから海《うみ》にとびこんだ。テ・フィティの〈心《こころ》〉をめがけて、深《ふか》い深《ふか》い海《うみ》の底《そこ》にもぐっていった。もう息《いき》がつづかない……そう思《おも》った瞬間《しゅんかん》、石《いし》に手《て》がとどいた。モアナはそれをつかんだ。ぎゅっとにぎりしめると、海《うみ》が光《ひかり》のような速《はや》さでモアナを海面《かいめん》までおしあげた。舟《ふね》にもどると、タラおばあちゃんも、先祖《せんぞ》たちも消《き》えていた。
夜《よる》のしずけさがあたりをつつみ、モアナはふたたび、ひとりぼっちになってい
た。けれど、もうくじけはしない。自分《じぶん》がなにをすべきか、はっきりわかっている。
モアナは、いたんだ舟《ふね》をなおした。帆《ほ》をつくろい、ひびの入《はい》った船体《せんたい》のわきを修《しゅう》
理《り》した。作業《さぎょう》をしながら、くりかえし自分《じぶん》にいいきかせた。
「わたしはモトゥヌイのモアナ。舟《ふね》にのって航海《こうかい》し、テ・フィティの〈心《こころ》〉をもと
にもどしてみせる！」

16　テ・フィティの島《しま》

マウイに教《おそ》わった航海術《こうかいじゅつ》にしたがって舟《ふね》をすすめていくうちに、朝《あさ》になった。遠《とお》くに、テ・フィティを輪《わ》のようにとりかこむ島々《しまじま》が見《み》えた。近《ちか》づくにつれ、舟《ふね》が通《とお》れそうなすきまが見《み》つかった。

「テ・カァは溶岩《ようがん》だから、水《みず》の中《なか》までわたしたちを追《お》いかけることはできない……テ・フィティをまもっている島《しま》のあいだをつっきって……テ・フィティのもとに行《い》ってみせる。」

モアナはヘイヘイをかごに入《い》れた。

「いまいったこと、あなたにわかりっこないわよね。ニワトリなんだから。」

石《いし》をぎゅっとにぎって自分《じぶん》をふるいたたせると、島《しま》と島《しま》の小《ちい》さなすきまにむけて舟《ふね》をすすめた。

さらに近《ちか》づくにつれ、テ・カァのほえる声《こえ》がとどろいた。と同時《どうじ》に、テ・カァがすがたをあらわした。人間《にんげん》のような形《かたち》をした真《ま》っ赤《か》な溶岩《ようがん》の魔物《まもの》テ・カァは、ぐんぐん大《おお》きくなり、空《そら》の半分《はんぶん》をおおった。

熱《あつ》い溶岩《ようがん》をはきだしながら、テ・カァはこぶしをふるった。もう少《すこ》しで舟《ふね》がこわされそうになる。が、モアナは心《こころ》がまえができていた。

テ・カァの強烈《きょうれつ》な攻撃《こうげき》をなんとかかわしながら、すきまにむかう。

テ・カァは、ますます怒《いか》りにかられた。わめきながら、テ・フィティをとりまく島《しま》から身《み》をのりだし、モアナの行《ゆ》く手《て》をさえぎろうとした。どうもうな魔物《まもの》は、溶《よう》岩《がん》のかたまりを投《な》げつけた。溶岩《ようがん》が海《うみ》に落《お》ちると、灰《はい》と煙《けむり》の柱《はしら》がふきあがった。それでも、モアナは溶岩《ようがん》をさけながら、すきまに近《ちか》づいていった。

だが、テ・カァのうごきのほうがすばやく、モアナの舟《ふね》がむかっていくすきまを溶岩《ようがん》でふさいだ。

煙《けむり》が晴《は》れたが、テ・カァはモアナの舟《ふね》を見《み》うしなった。モアナをもとめて、テ・カァのもえさかる頭《あたま》が左右《さゆう》にゆれた。すでにモアナは遠《とお》くにいた。帆《ほ》をひろげて急《きゅう》に舟《ふね》のむきを変《か》え、猛《もう》スピードでべつのすきまにむかっている。

テ・カァは大声《おおごえ》でほえ、巨大《きょだい》な溶岩《ようがん》のかたまりを投《な》げた。溶岩《ようがん》はモアナのすぐそばの山《やま》に当《あ》たり、大岩《おおいわ》がくずれて舟《ふね》の近《ちか》くに落《お》ちた。

高《たか》い波《なみ》にあおられて舟《ふね》がゆれたはずみに、モアナはたおれこんだ。そのひょうしに、〈心《こころ》〉の石《いし》がネックレスの貝《かい》がらからとびだし、甲板《かんぱん》をころがっていく！　だが、ヘイヘイが石《いし》をくわえてくれた。モアナは石《いし》をネックレスにもどすと、帆《ほ》の綱《つな》をにぎり、島《しま》のすきまをぬけていった。

「やったわ！」

モアナはさけんだ。

「やったわ、わたしたち――。」

ヘイヘイをふりかえり、にっこりわらった。が、船上《せんじょう》にいない。舟《ふね》のうしろの海《うみ》に落《お》ちて、じたばたしている。

ヘイヘイをおいていくわけにはいかない。モアナはオールを海中《かいちゅう》に入《い》れると、ヘイヘイにむかって舟《ふね》をすすめ、海《うみ》からすくいあげた。

そのとき、耳《みみ》をつんざくような声《こえ》がとどろき、ふたたびテ・カァがあらわれた。テ・カァが溶岩《ようがん》を投《な》げつけるたび、空《そら》までとどくほどの大波《おおなみ》がモアナをおそう。舟《ふね》はひっくりかえり、モアナは海《うみ》に投《な》げだされた。

岩《いわ》が雨《あめ》のようにふってくるなか、モアナは舟《ふね》まで泳《およ》いだ。さかさになった舟《ふね》をもとにもどさなくちゃ。が、モアナの力《ちから》ではむりだった。

テ・カァがこぶしをふりおろそうとしたそのとき、白《しろ》い光《ひかり》がひらめいた。巨大《きょだい》なタカが飛《と》んできたのだ。タカは、口《くち》にくわえた釣《つ》り針《ばり》でテ・カァのうでを切《き》り、さっと逃《に》げた。マウイだ。マウイがもどってきたのだ！

マウイはモアナのもとに行《い》くと、半神《はんしん》のすがたになり、にっこり笑《わら》った。

「マウイ？」

モアナは信《しん》じられなかった。わたしを救《すく》いに、もどってきてくれたなんて。

「でも、あなたの釣《つ》り針《ばり》は？」

マウイは神《かみ》の釣《つ》り針《ばり》をもちあげて、ひっくりかえったモアナの舟《ふね》をもとにもどした。それからミニ・マウイを見《み》た。

「あんたがいったことについて、おれとミニ・マウイは考《かんが》えてみたんだ……で、気《き》づいた。マウイは、おれしかいないってことに。」

マウイのうしろで、テ・カァがふたたび体《からだ》をもちあげた。

モアナはそれとなく注意《ちゅうい》しようとしたが、マウイは得意《とくい》げにしゃべりつづけて

いる。

「マウイ！」

モアナはさけんだ。火《ひ》の玉《たま》が、ふたりをめがけてふってくる。

「だいじょうぶ。おれがついてるから心配《しんぱい》ない。おれは、えらばれた者《もの》だからな。さて、世界《せかい》を救《すく》いに行《い》くか。」

マウイはふりかえり、テ・カァのもとにむかった。

「マウイ！　ありがとう。」

モアナはもう一度《ど》さけんだ。マウイは真剣《しんけん》な目《め》でモアナを見《み》やり、口《くち》にした。

「礼《れい》はけっこう。」

深《ふか》く息《いき》をすってエネルギーを集中《しゅうちゅう》させると、マウイはタカにすがたを変《か》えて飛《と》んでいった。魔物《まもの》の上《うえ》まで達《たっ》すると、今度《こんど》はトカゲに変身《へんしん》した。

「アチチ！」

とさけびながら、魔物《まもの》のもえるように熱《あつ》いうでの上《うえ》をちょこまか走《はし》った。

いっぽう、モアナは舟《ふね》の舵《かじ》をあやつり、溶岩《ようがん》をかわした。

モアナがテ・フィティの島《しま》に近《ちか》づくころ、マウイは敵《てき》の注意《ちゅうい》をひきつけようと全力《ぜんりょく》をつくしていた。テ・カァの指《ゆび》のあいだをすりぬけ、トカゲからタカに変身《へんしん》する。が、テ・カァになぐられ、空《そら》まですっとんでいった。そうしてテ・フィティをとりまく島《しま》の地面《じめん》に落《お》ちた瞬間《しゅんかん》、半神《はんしん》にもどった。

と、そのとき、テ・カァが溶岩《ようがん》のかたま

りをもちあげ、モアナめがけて投《な》げつけた。

「モアナ！」

マウイがさけんだ瞬間《しゅんかん》、波《なみ》が高《たか》くもりあがり、もえさかる溶岩《ようがん》をうけとめた！ 溶岩《ようがん》は海中《かいちゅう》にのみこまれ、大《おお》きな波《なみ》しぶきがあがる。あおりをうけて舟《ふね》がひっくりかえり、モアナは海《うみ》に投《な》げだされた。が、たちまち波《なみ》がモアナをつつみこみ、テ・フィティの島《しま》まではこんで浜《はま》におしあげた。

テ・カァがふたたび溶岩《ようがん》のかたまりを投《な》げようとした。マウイはまよわなかった。釣《つ》り針《ばり》のひびが大《おお》きくなっているが、そんなことはもはや問題《もんだい》ではない。釣《つ》り針《ばり》をにぎると、テ・カァにむかってとびだし、あらんかぎりの力《ちから》で打《う》ちかかった。

モアナの背後《はいご》の空《そら》で、目《め》のくらむような光《ひかり》がまたたいた。テ・カァになぐられ、マウイが大《おお》きな音《おと》をたてて地面《じめん》に衝突《しょうとつ》したのだ。釣《つ》り針《ばり》がかたわらの岩《いわ》にはげしくたたきつけられ、根《ね》もとから折《お》れた。

マウイの釣《つ》り針《ばり》が！　がけをのぼっていたモアナは思《おも》わず足《あし》をとめそうになったが、自分《じぶん》のするべきことを思《おも》い出《だ》し、そのままのぼりつづけた。

やっと頂上《ちょうじょう》についた。テ・フィティがここにいるのね？

けれど、がけの上《うえ》で目《め》にしたのは、信《しん》じられない光景《こうけい》だった。女神《めがみ》が横《よこ》たわっているはずの島《しま》はなく、ぽっかりと穴《あな》があいている。

「そんな……。」

モアナの胸《むね》はしめつけられそうだった。

どこもかしこも、モアナの想像《そうぞう》とはまるでちがっている。テ・フィティはそこにいなかった。モアナの前《まえ》にはからっぽな穴《あな》があり、そこから海《うみ》が見《み》える。〈心《こころ》〉をおく場所《ばしょ》はない。

「テ・フィティが……消《き》えてしまった……。」

17 〈心《こころ》〉をもどしに

マウイは、釣《つ》り針《ばり》なしでもテ・カァと戦《たたか》いつづけていた。

「来《こ》い！　かかってこい！」

と、溶岩《ようがん》の魔物《まもの》にむかってさけんだ。

モアナはどうしたらいいかわからず、まずは深呼吸《しんこきゅう》をして自分《じぶん》をおちつかせようとした。そして、内《うち》なる声《こえ》に耳《みみ》をかたむけ、からっぽの穴《あな》を見《み》た。あそこにテ・フィティがいたにちがいない。

モアナは、手《て》の中《なか》の石《いし》に目《め》を落《お》とした。青緑色《あおみどりいろ》にきらきらかがやいている。次《つぎ》に、マウイと戦《たたか》っているテ・カァを見《み》やった。テ・カァの胸《むね》に光《ひか》るもようが見《み》えた。

「うずまき形《がた》……。」

〈心《こころ》〉の石《いし》とおなじ、うずまきの形《かたち》ではないか！　そのことに気《き》づいた瞬間《しゅんかん》、自分《じぶん》がどうすればいいかわかった。

テ・カァが大《おお》きなこぶしをふりあげた。マウイにとどめをさそうというのだ。そのとき、石《いし》がまぶしい光《ひかり》をはなった。モアナが石《いし》を頭上《ずじょう》にかかげると、さらにかがやきを増《ま》した。テ・カァは光《ひかり》に気《き》づき、石《いし》を見《み》つめた。

「道《みち》をつくって。」

モアナは海《うみ》にたのんだ。波《なみ》がひいて、海《うみ》がわれた。モアナがまだおさなかったころ、浜辺《はまべ》であそんだときのように。目《め》の前《まえ》に、海底《かいてい》の砂地《すなち》があらわれた。モアナが歩《ある》きだすと、海《うみ》はさらにわれつづけ、行《ゆ》く手《て》に道《みち》をひらいていった。

「モアナ、なにをしてるんだ？」

マウイがさけんだ。

海《うみ》の道《みち》がテ・カァのところまでひらけたとき、テ・カァもモアナにむかって、道《みち》をはいながらすすんでいった。モアナとテ・カァは、正面《しょうめん》からむきあった。

モアナはおだやかに魔物《まもの》を見《み》つめ、しずかに語《かた》りだした。

「あなたは心《こころ》をぬすまれたのね。わたしにはわかる。自分《じぶん》の心《こころ》、内《うち》なる声《こえ》をうしなうことが、どんなに悲《かな》しいか。でも、いまは自分《じぶん》の声《こえ》に耳《みみ》をかたむけてみて。」

モアナの話《はなし》をきくうちに、テ・カァのたけだけしさが消《き》え、真《ま》っ赤《か》にもえていた溶岩《ようがん》の体《からだ》が、冷《ひ》えて黒《くろ》くかたまった。モアナは近《ちか》づいて、自分《じぶん》の鼻《はな》をテ・カァの顔《かお》にそっとおしつけた。

モアナは手《て》をのばし、テ・フィティの〈心《こころ》〉をテ・カァの胸《むな》もとのうずまきにおいた。そして、ささやいた。

「あなたがだれなのかは、知《し》ってるわ。」

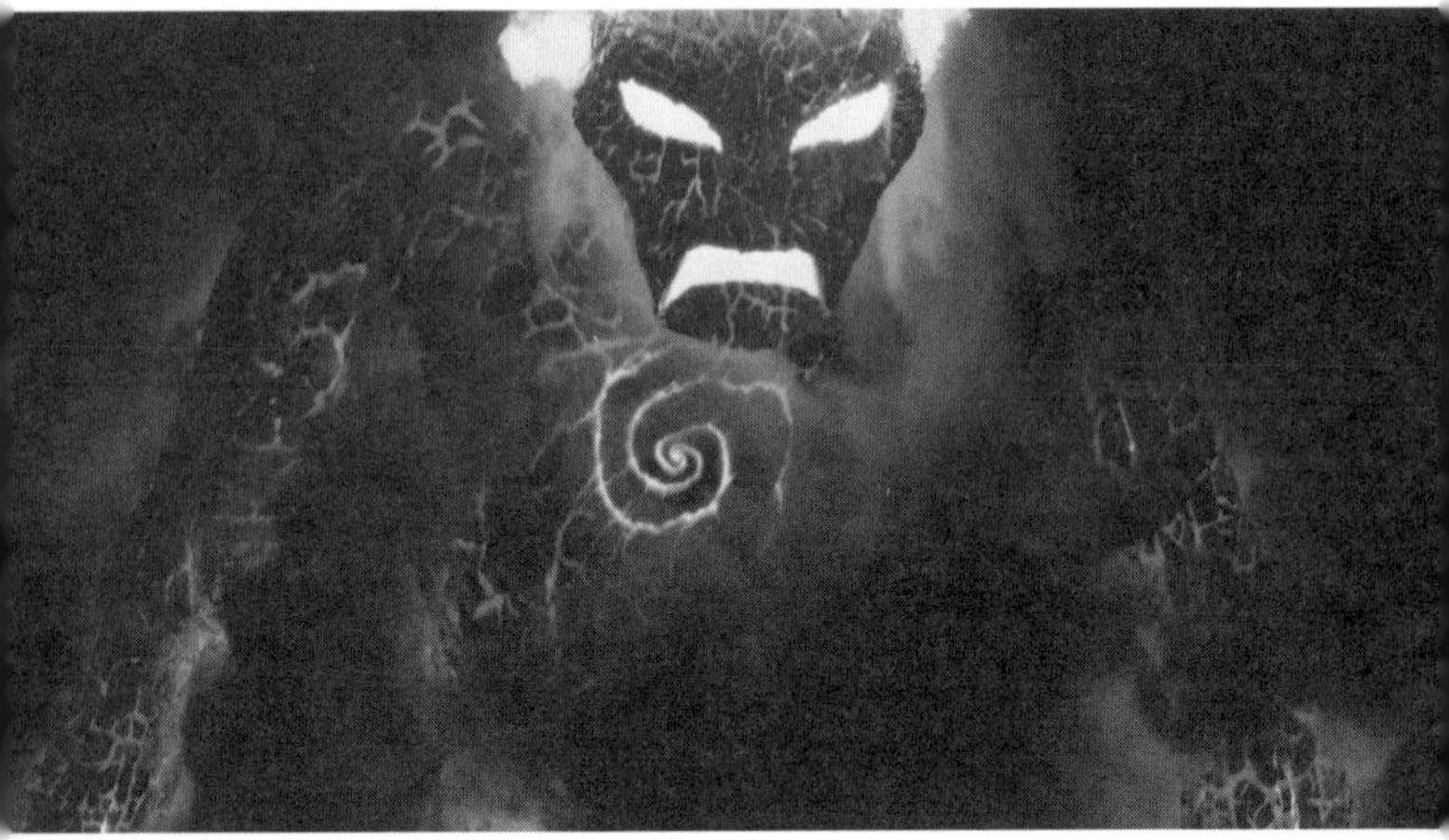

テ・カァは目《め》をとじた。ふいに、体《からだ》をおおっていた溶岩《ようがん》がくだけちった。そこから次々《つぎつぎ》に緑《みどり》の草《くさ》が生《は》え、美《うつく》しくおだやかな緑色《みどりいろ》の顔《かお》があらわれた。そこにいるのは、大《おお》きな女神《めがみ》だった。

テ・カァは、テ・フィティだったのだ！

花《はな》と葉《は》でかざられたかんむりが、テ・フィティの頭《あたま》でかがやいている。

マウイはおどろきのあまり、口《くち》もきけなかった。テ・フィティが立《た》ちあがり、自《じ》分《ぶん》の島《しま》のほうに歩《ある》きだした。モアナとマウイも海《うみ》の波《なみ》にもちあげられ、テ・フィティの島《しま》まではこばれていった。海《うみ》は、次《つぎ》にヘイヘイをマウイの横《よこ》においた。

「ニワトリ、生《い》きてたのか！」

マウイはびっくりしたように、ヘイヘイを見《み》た。

テ・フィティがその大《おお》きな右手《みぎて》で、モアナとマウイを自分《じぶん》の顔《かお》までもちあげた。

モアナはひざをつき、マウイにもひざをつかせた。テ・フィティは、感謝《かんしゃ》するよ

うにうなずく。モアナもうなずきかえした。

テ・フィティはマウイに目《め》をうつした。彼《かれ》は気《き》まずそうに肩《かた》をすくめた。

「やあ、テ・フィティ……元気《げんき》かい……？」

マウイはそういって愛想笑《あいそわら》いをした。テ・フィティは、そんな彼《かれ》をじっと見《み》つめている。マウイは足《あし》もとに視線《しせん》を落《お》とした。

「きいてくれ、おれのしたことは……いいわけできない。自分《じぶん》のためにやったんだ……すまない。」

マウイはまじめな顔《かお》で、テ・フィティを見《み》た。

テ・フィティは、にぎった左手《ひだりて》をマウイにさしだした。その手《て》の中《なか》には、神《かみ》の釣《つ》り針《ばり》があった。信《しん》じられない――新品同様《しんぴんどうよう》になおっていて、ぴかぴか光《ひか》っている。初《はじ》めてそれを手《て》にしたときとおなじように。

マウイは大《おお》よろこびした。

「ありがとう。ありがとうございます……このご恩《おん》は、ずっとずっとわすれません。」

テ・フィティはモアナに顔《かお》を近《ちか》づけ、鼻《はな》と鼻《はな》をこすりあわせた。それからモアナとマウイを浜《はま》におろし、両手《りょうて》を合《あ》わせて、さっとひろげた。ピンク色《いろ》の花《はな》びらが空《くう》中《ちゅう》に舞《ま》い、砂浜《すなはま》に散《ち》ったかと思《おも》うと、そこにモアナの舟《ふね》があらわれた。いまやすっかり修復《しゅうふく》され、美《うつく》しい花《はな》でかざられている。

テ・フィティはしずかに体《からだ》を横《よこ》たえた。やわらかな体《からだ》の線《せん》にそって丘《おか》や山《やま》ができ、花《はな》と木《き》におおわれた緑《みどり》の島《しま》になった。モアナとマウイは目《め》をかがやかせて、そのようすを見《み》つめた。

モアナは胸《むね》がいっぱいになった。ついにテ・フィティは、ほんとうの自分《じぶん》をとりもどすことができた。モトゥヌイの島《しま》も、これでもとのように平和《へいわ》になるだろう。航海中《こうかいちゅう》に起《お》きたあれこれがうかんでくる。途中《とちゅう》でめげそうになったこともあったが、くじけないでよかった。〈心《こころ》〉を返《かえ》してあげることができたばかりか、こんな夢《ゆめ》のような光景《こうけい》を見《み》られたのだから。

マウイはヘイヘイにえさをやった。

「さびしくなるな。会《あ》えなくなると。」

ヘイヘイはえさを食《た》べようとしたが、あいかわらずうまく食《た》べられなかった。マウイはにっこり笑《わら》い、頭《あたま》をふった。

マウイはモアナを見《み》た。さよならをいうときが近《ちか》づいていることを、ふたりともわかっていた。マウイと出会《であ》ってからのさまざまな思《おも》い出《で》が、モアナの胸《むね》におしよせる。最初《さいしょ》はいやなやつだと思《おも》っていたが、いっしょに冒険《ぼうけん》をするうちに、ふたりのあいだには、ふしぎなきずなが生《う》まれていた。

けれど、マウイは半神《はんしん》。モアナはモトゥヌイの長《おさ》となる身《み》だ。たがいの行《い》く道《みち》がまじわることはけっしてない。そのことは、ふたりともよくわかっていた。

「わたしたちといっしょに来《き》てもいいのよ。うちの村《むら》には、航海《こうかい》の達人《たつじん》が必要《ひつよう》だもの。」

「達人《たつじん》なら、もういるさ。」

マウイは笑《わら》った。心臓《しんぞう》の部分《ぶぶん》に、あらたなタトゥーがあらわれた。モアナの絵《え》だ。一流《いちりゅう》の航海士《こうかいし》。ミニ・マウイは、モアナに笑《え》みをむけた。

モアナはとびあがり、マウイにぎゅっとだきついた。

さよなら、マウイ！　あなたのことはわすれない。けっして、けっして。

体《からだ》をはなすと、マウイは釣《つ》り針《ばり》を力強《ちからづよ》くふった。そうして、タカにすがたを変《か》えた。

モアナは帆《ほ》を揚《あ》げ、最後《さいご》にテ・フィティの島《しま》をふりかえった。さようなら、テ・フィティ。もう二度《ど》と、〈心《こころ》〉をうしなわないようにね。

18　サンゴ礁《しょう》をこえて

　モトゥヌイの島《しま》をおおっていた黒《くろ》く枯《か》れた植物《しょくぶつ》が、ふいに息《いき》をふきかえした。青々《あおあお》とした葉《は》や、色《いろ》とりどりの花《はな》が、モアナの父《ちち》トゥイと母《はは》シーナをとりかこんだ。シーナは生《い》きかえった植物《しょくぶつ》を見《み》て、浜《はま》にいそいだ。トゥイもそれにつづく。水《みず》ぎわまで行《い》くと、かなたに一そうの舟《ふね》が見《み》えた。

　モアナの舟《ふね》が白波《しらなみ》をこえて、青々《あおあお》としたモトゥヌイの島《しま》に近《ちか》づいてくる。島《しま》の手《て》前《まえ》まで来《く》ると、モアナは舟《ふね》からとびおり、両親《りょうしん》のもとにかけよった。

　シーナは、両《りょう》うでを娘《むすめ》にまわしてだきしめた。トゥイも涙《なみだ》にくれ、モアナをだく手《て》に力《ちから》をこめた。やった！　モアナが島《しま》を救《すく》ったのだ！　そうやって家族《かぞく》はしばらくだきあい、再会《さいかい》をよろこんだ。

「ちょっとサンゴ礁《しょう》をこえちゃったわ。」

モアナはいった。トゥイは笑《わら》い、舟《ふね》を見《み》た。

「おまえらしいな。」

そういって、うなずいた。

すぐに、村《むら》じゅうの人《ひと》が浜《はま》にあつまってきた。ブタのプアはまっさきにモアナにかけより、キスをあびせた。

「プア!」

モアナがプアをだきしめると、村《むら》の子《こ》どもたちが群《む》れをなしてモアナの舟《ふね》にとびのった。彼《かれ》らもまた、将来《しょうらい》の旅人《たびびと》だ。先祖《せんぞ》たちとおなじように。

数日後《すうじつご》、村人《むらびと》たちは、大《おお》きな航海用《こうかいよう》の船《ふね》を洞窟《どうくつ》からひきずってきた。先祖《せんぞ》たちの

船《ふね》を見《み》て、モアナはほこらしげにほほえんだ。

足《あし》もとでは、波《なみ》がうずまいている。小《ちい》さな波《なみ》にのって、巻《ま》き貝《がい》が浜《はま》にうちあげられた。モアナはひざをついて、美《うつく》しいうずをまくピンクの貝《かい》をひろった。散歩《さんぽ》をしながら、モトゥヌイでいちばん高《たか》い頂《いただき》に行《い》くと、代々《だいだい》の長《おさ》が石《いし》をつんだ上《うえ》に貝《かい》をおいた。


まもなく、村人《むらびと》たちは水《みず》ぎわに立《た》ち、出航《しゅっこう》していく舟《ふね》に歓声《かんせい》を送《おく》った。航海士《こうかいし》はモアナだ。トゥイとシーナも、自分《じぶん》たちの大《おお》きな船《ふね》でモアナの舟《ふね》の横《よこ》にならんだ。モアナはすばやく帆《ほ》をあやつり、ほこらしげに両親《りょうしん》をふりかえった。舟《ふね》の下《した》を、美《うつく》しいエイが泳《およ》いでいく。モアナはにっこり笑《わら》った。エイがタラおばあちゃんだとわかっているからだ。

頭上《ずじょう》の空《そら》から、大《おお》きなタカが鳴《な》きながらモアナのほうにおりてきた。それがだれだが、モアナは知《し》っている。たとえ、たがいの道《みち》がまじわることがなくとも、マウイはいつもモアナを見《み》まもっていてくれるだろう。モトゥヌイの長《おさ》として、やがてはみんなをひきいていくモアナのことを。一流《いちりゅう》の航海士《こうかいし》として、先祖《せんぞ》とおなじように旅《たび》をつづけるモアナのことを。

モアナは、タカににっこり笑《わら》いかけ、心《こころ》の中《なか》でつぶやいた。

『ありがとう、マウイ。』

マウイのことばが耳《みみ》もとできこえるようだった。

『礼《れい》はけっこう』と。

『モアナと伝説《でんせつ》の海《うみ》』解説《かいせつ》

しぶや　まさこ

新《あら》たなヒロインの誕生《たんじょう》

二〇一七年《ねん》に日本《にほん》で公開《こうかい》されたディズニーの長編《ちょうへん》アニメーション映画《えいが》、「モアナと伝説《でんせつ》の海《うみ》」の小説版《しょうせつばん》をお届《とど》けいたします。物語《ものがたり》の舞台《ぶたい》となるのは、今《いま》から二千年《ねん》前《まえ》のオセアニア。南太平洋《みなみたいへいよう》に浮《う》かぶ島《しま》、モトゥヌイの村《むら》の長《おさ》の娘《むすめ》として生《う》まれたモアナが主人公《しゅじんこう》です。

モアナは幼《おさな》いころ、不思議《ふしぎ》な体験《たいけん》をしました。海《うみ》に呼《よ》ばれた気《き》がして行《い》ってみると、目《め》の前《まえ》で海《うみ》がぱっくりと割《わ》れたのです。まるでモアナを歓迎《かんげい》するかのように。

そのとき以来《いらい》、モアナはずっと海《うみ》に呼《よ》ばれているように感《かん》じます。その内《うち》なる声《こえ》にしたがい、いつか大海原《おおうなばら》を航海《こうかい》してみたい――それがモアナの夢《ゆめ》となりました。

けれど、父《ちち》のトゥイは村《むら》の長《おさ》として、「サンゴ礁《しょう》の外《そと》に出《で》てはならぬ」という掟《おきて》に頑《がん》としてこだわっています。日《ひ》ごろはやさしい父《ちち》なのですが、海《うみ》に関《かん》しては意見《いけん》をゆずらず、モアナと対立《たいりつ》します。

唯一《ゆいいつ》の理解者《りかいしゃ》は、おばあちゃんのタラでした。自分《じぶん》たちの先祖《せんぞ》が海《うみ》をわたる旅人《たびびと》だった過去《かこ》を教《おし》え、海《うみ》に出《で》たいというモアナの夢《ゆめ》を後押《あとお》ししてくれます。

そんなある日《ひ》、島《しま》を危機《きき》がおそいます。モアナは島《しま》を救《すく》うため、掟《おきて》をやぶり、航《こう》海《かい》をする決意《けつい》をしました。〝海《うみ》にえらばれた少女《しょうじょ》〟モアナの旅《たび》のはじまりです。

大昔《おおむかし》のオセアニア

今《いま》から二千年前《ねんまえ》のオセアニアは、ハワイもニュージーランドもまだ発見《はっけん》されておらず、さまざまな伝説《でんせつ》につつまれていました。アニメーションの製作《せいさく》スタッフは、太平洋諸島《たいへいようしょとう》をおとずれ、文化《ぶんか》や風景《ふうけい》、語《かた》りつがれてきた歴史《れきし》を調査《ちょうさ》しました。その結果《けっか》、生《う》まれたのが、この作品《さくひん》です。

大昔《おおむかし》の航海者《こうかいしゃ》たちは現在《げんざい》とはちがい、星座《せいざ》や風《かぜ》の向《む》き、潮《しお》の流《なが》れといった自然《しぜん》をたよりに針路《しんろ》を定《さだ》めていました。そうして何千年《なんねん》ものあいだ、広大《こうだい》な太平洋《たいへいよう》をわたってオセアニアの島々《しまじま》を発見《はっけん》していったのです。

大昔《おおむかし》のオセアニアの人々《ひとびと》にとって、海《うみ》は「島《しま》と島《しま》をつなぐ」ものとして特別《とくべつ》な存在《ざい》で、人々《ひとびと》は、つねに海《うみ》への感謝《かんしゃ》を忘《わす》れませんでした。

そのため、この作品《さくひん》でも、海《うみ》がただの海《うみ》ではなく、意志《いし》を持《も》つ特別《とくべつ》なキャラクターとして描《えが》かれています。幼《おさな》いころにモアナをえらんだことにはじまり、航海《こうかい》の道中《どうちゅう》も、ことあるごとにモアナの助《たす》けとなってくれます。

また特筆《とくひつ》すべきは、アニメーションの海《うみ》の描写《びょうしゃ》です。実写《じっしゃ》かと思《おも》うほどの息《いき》をのむ美《うつく》しさで、スタッフの海《うみ》への畏敬《いけい》の念《ねん》があらわれています。

ちなみに、モアナという名《な》は、ポリネシアの言語《げんご》で「海《うみ》」を意味《いみ》します。

テ・フィティのもとへの旅《たび》

この物語《ものがたり》のそもそもの発端《ほったん》は、万物《ばんぶつ》の女神《めがみ》であるテ・フィティの存在《そんざい》です。テ・フィティの〈心《こころ》〉は青緑色《あおみどりいろ》の美《うつく》しい石《いし》で、うずまき模様《もよう》をしています。偉大《いだい》な力《ちから》が宿《やど》っていて、生命《せいめい》そのものを創《つく》りだすことができるのです。

その〈心《こころ》〉を半神半人《はんしんはんじん》のマウイがぬすんだため、この世《よ》に闇《やみ》が生《う》まれました。マウイはその罰《ばつ》として、神《かみ》の魔法《まほう》の釣《つ》り針《ばり》をうばわれ、千年《ねん》ものあいだ島《しま》にとじこめられていました。

そこにあらわれたのが、モアナです。モトゥヌイの島《しま》を救《すく》うため、モアナはマウイに〈心《こころ》〉を返《かえ》しに行《い》かせようとします。

マウイは、オセアニア全体《ぜんたい》に知《し》られている神話《しんわ》からヒントを得《え》たキャラクターです。その体《からだ》はびっしりタトゥーにおおわれており、それぞれの図案《ずあん》が、マウイのこれまでの歴史《れきし》を物語《ものがた》っています。タトゥーの一つ、ミニ・マウイは、時《とき》にマウイをいさめたり、励《はげ》ましたり、いわばマウイの良心《りょうしん》ともいえましょう。

マウイとモアナのテ・フィティのもとへの旅《たび》は、困難《こんなん》なものでした。道中《どうちゅう》、残忍《ざんにん》な海賊《かいぞく》のカカモラが待《ま》ちうけていたり、釣《つ》り針《ばり》をとりもどすために巨大《きょだい》なカニの怪《かい》物《ぶつ》タマトアと戦《たたか》ったり……そしてなんといっても、いちばんの強敵《きょうてき》は溶岩《ようがん》の怪物《かいぶつ》テ・カァです。果《は》たして無事《ぶじ》テ・フィティのもとにたどりつき、〈心《こころ》〉をもどすことができるのでしょうか？

最初《さいしょ》は反発《はんぱつ》しあっていたモアナとマウイが、旅《たび》を通《つう》じて心《こころ》をかよわせていくところ、そして最終的《さいしゅうてき》に自分《じぶん》が何者《なにもの》かを知《し》る過程《かてい》は、物語《ものがたり》の読《よ》みどころのひとつです。

映画《えいが》「モアナと伝説《でんせつ》の海《うみ》」も、本書《ほんしょ》とあわせてお楽《たの》しみください。

しぶや まさこ（澁谷正子）
東京都に生まれる。早稲田大学第一文学部卒業。訳書に『翼があるなら』『ライアンを探せ！』『レミーのおいしいレストラン』『ルイスと未来泥棒』『WALL・Eウォーリー』『カールじいさんの空飛ぶ家』『アリス・イン・ワンダーランド』『テンプル騎士団の古文書』『ウロボロスの古写本』『神の球体』『メリダとおそろしの森』『モンスターズ・ユニバーシティ』『ルクセンブルクの迷路』『アナと雪の女王』『ベイマックス』『インサイド・ヘッド』など。

編集・デザイン協力
宮田庸子
洞田有二

写真・資料提供
ディズニー パブリッシング ワールドワイド（ジャパン）

ディズニーアニメ小説版 111
モアナと伝説《でんせつ》の海《うみ》

NDC933　214P　18cm　　2017年3月　1刷

作　者　スーザン・フランシス
訳　者　しぶや まさこ
発行者　今村 正樹
印刷所
製本所　大日本印刷㈱

発行所　株式会社　偕《かい》成《せい》社《しゃ》
〒162-8450 東京都新宿区市谷砂土原町3-5
TEL 03(3260)3221(販売部)
03(3260)3229(編集部)
http://www.kaiseisha.co.jp/
ISBN978-4-03-792110-1 Printed in Japan